母子草　お江戸縁切り帖

泉　ゆたか

集英社文庫

目次

母子草　お江戸縁切り帖

第一章　にんじん姉弟

1

暗闇に行燈《あんどん》の灯《あかり》が揺れていた。

火の先から黒い煙が流れてきて、強い油の匂いを漂わせる。

糸《いと》は壁に映る己の影に目を向けた。

鬼のような角が生えているか。はたまた魂が抜けて髑髏《どくろ》のようになってしまっているかと思ったのに、影は普段と少しも変わらない。どこか困ったように首を傾《かし》げていた。

「お糸さん、遅くにすまねえ。けど、どうしても夜を越しちまう前にあんたと話がしたいんだ」

戸口の向こうで熊蔵《くまぞう》が囁《ささや》く声が聞こえた。

右隣の奈々《なな》と岩助《がんすけ》の父娘《おやこ》の部屋から、ごとんと何かが落ちる音がした。きっと慌てて壁に飛んで行って、耳をくっつけているに違いない。

糸は黙って戸を開けた。

「開けてくれてありがとうな。閉め出されても少しもおかしくねえ、ってわかっているさ」

憔悴《しょうすい》しきった熊蔵の顔を、糸はじっと見つめた。

一途《いちず》に糸のことを想《おも》い続けてくれた熊蔵の真心に応えて、この人と所帯を持とうと心を決めたはずだった。

それがまさか熊蔵に子がいたなんて。

美和《みわ》と呼ばれた気丈夫そうな女と、横にいた五つほどの男の子。

あの子は熊蔵の名を聞いたそのとき、「あんたが、おいらのおとっつぁんなんだね！」と泣き出しそうな顔で飛んできたのだ。

「お美和から事情を聞いたよ。えっと、何からどう話していいやら。俺にだって、何が何やらまだわかってねえんだ」

熊蔵が額の汗を掌《てのひら》で拭う。

「あの子の名は、何というんですか？」

糸の口から最初に出たのは、そんな言葉だった。

熊蔵がうっと黙った。

「……熊助《くますけ》だってさ」

息を呑《の》む。

「そうですか」

糸は顔を伏せた。

熊蔵の子、熊助。その名をつけた美和の想いは誰にだってわかる。

「で、でもわかってくれよ。決して俺は、お糸さんを裏切るような真似《まね》をしちゃいねえんだ。お美和との仲は、ずっとずっと前の話で……」

「内緒になんてせずに、話してくださればよかったのに」

糸は熊蔵の言葉が少しも耳に入っていない心持ちで、遮った。

「ほんとうに知らされていなかったんだ。あのときのお美和は、俺のことを捨てて別の男に乗り換えるっていうから泣く泣く諦めたのさ。それが、実は腹に俺の子がいて、新しい男とは駄目になっちまっただなんて……」

「ごめんなさい。もういいです」

熊蔵は大人だ。過去の暮らしが清いだけのものだとは思っていない。

だが、かつて情を交わしたお美和という女との色恋沙汰を聞かされるのは、耳を塞ぎたくなるほど胸がざわついた。

「お糸さん、傷つけてすまねえ。どうしたら許してもらえるんだろう？」

「傷ついたわけじゃありません。どうしたらいいのかわからないだけなんです」

糸は力なく首を横に振った。

「熊蔵さんは、これからどうされたいんですか？」

熊蔵に向き合う。

わざと目元に力を入れて厳しい顔をしようとしてみたけれど、顔をうまく作ることができなかった。

「どうって……」

熊蔵が呆然《ぼうぜん》とした顔をした。

糸は震える息を吸った。

「己の血をわけた子がいると知って、今までのまま何事もなかったように過ごすというわけにはいかないと思います」

「そ、そうだな。確かにお糸さんの言うとおりさ。けど、俺はお糸さんのことを心から……」

もう伝わらないと諦めている子供の顔で、熊蔵はこちらを見た。

糸は密《ひそ》かに奥歯を嚙《か》み締めた。

そんなのずるい、と思う。

と、そのとき、戸口で声が響いた。

「こんばんは！　縁切り屋さんってのはこちらかい？　遅くに悪いね。けど、こういうことってのは、日が高いうちにさっぱりした顔でお願いする、ってわけにもいかないもんだろう？」

中年の女らしい太くしっかりした声だ。

熊蔵がはっとした顔をして腰を浮かせた。

「帰るよ」

「そうしてください」

咄嗟《とっさ》に飛び出した己の冷たい声に驚いた。

熊蔵が顔を歪《ゆが》める。

「ごめんなさい、そういう意味じゃないんです。お客さんは女性の方ですから、きっと私と二人きりが良いと思います」

慌てて取り繕った。

「ああ、こんばんは、はじめまして。おや、先客がいらしたのかい？」

戸の向こうに立っていたのは、がっちりした身体《からだ》に丸髷姿《まるまげすがた》の、三十半ばを過ぎたくらいの女だ。

「いや、客じゃないよ。……ただの友達さ」

熊蔵はきまり悪そうに言って、女と入れ違いに部屋を出て行った。

「こんばんは」

糸が頭を下げると、女は気を取り直したように「あんたがお糸さんだね？　いかにも綺麗《きれい》な字で縁切り状を書きそうな顔だねえ」と言った。

「どんな顔のことですか?」

糸は女の調子に合わせて微笑《ほほえ》んだ。

気さくで人の好《よ》さそうな女だ。

「真面目でまっすぐで」

女が言葉を切った。

「きっと男運が最悪だ。どうだい、合っているだろう?」

ぎょっとした。

「惚《ほ》れた女の前であんな顔をするようになっちまったら、男はもう駄目だよ。とっとと見限って次に行くんだね。これはあんたよりも少々〝お姉さん〟の私からの忠言さ」

「まあ」

糸は目を丸くした。

「お、お姉さまのご忠言、大事に伺います」

どうにかこうにか笑みを浮かべる。

「それじゃあ、早速、姉さんの話を聞いておくれよ。ひどい話なんだ」

女が框《かまち》に腰掛けて身を乗り出した。

2

「私の名はしげっていうんだよ。深川万年町《ふかがわまんねんちょう》にある油問屋の大和屋《やまとや》の娘さ。もちろん、娘なんて齢《とし》じゃないのは己自身がいちばんわかっているけれどね。一度も嫁にはいかず、かといって正式に大和屋の跡取りを任されちゃいないんだから、〝ただの大和屋の娘〟って他には言いようがないだろう？」

しげが肩を竦《すく》めてみせた。

遊女のように整った艶《つや》っぽい顔立ちではないが、決して不器量ではない。明るく華やかで人懐こい笑顔の女だ。それなのに男が有り余っているこのお江戸で一度も嫁にいっていないということは、何か理由がありそうだ。

「どなたに縁切り状を書かれますか？」

糸は墨を磨《す》りながら訊《き》いた。

「弟の優次郎《ゆうじろう》だよ」

しげが気の重い顔をした。

「優次郎さんというのは、実の弟さんなんですか？」

「ああ、そうだよ。五つ離れた血を分けた弟さ。実は私たちの間にもう一人、信一郎《しんいちろう》という長男になるはずの弟がいたんだけれどね。その弟は赤ん坊のときに亡くなって、だから優〝次郎〟だ」

「それはお気の毒に」

糸は眉根を寄せた。

「ありがとうね。けど三十年も昔の話だからね。今でも信一郎のことを覚えているのは、おそらくこの世で母と私だけだよ。父はこのところ身体の具合が良くなくてね。どんどん昔のことを忘れていくのさ」

しげの言葉には、何とも相槌《あいづち》を打ちづらい刺々《とげとげ》しさが滲《にじ》んでいた。

糸はただ小さく頷《うなず》いて、より一層力強く墨を磨った。

「けどうんと遡れば、やはり信一郎が亡くなったことが、私と優次郎がうまくいかなくなった始まりだね」

「そんな、優次郎さんはそのときに生まれてもいないんですよね？」

「優次郎が生まれたのは、信一郎が亡くなってちょうど一年後さ。母も父も、それはそれは可愛《かわい》がってね。赤ん坊が今ここで生きている、ってそのことがどれほど有難いことか、っていつも涙を流して頰ずりをして喜んでいたよ」

「優次郎さんは、とても大事にされて育ったのですね」

糸の胸の奥で小枝を踏みつけたような音がぴしりと鳴った。

しげの顔が曇った。

「ああ、そうさ。私なんかの何倍も何倍も大事にされて育った、大和屋の跡取り息子だよ」

糸は密かに息を吐いた。

「そうでしたか……」

しげの表情は、先ほどの気さくで人当たりの好い顔つきとは一変していた。まるで叱られた子供が大人を睨《にら》み返すような、恨みがましく悔しそうな尖《とが》った目だ。

「聞いとくれよ。あの子はさ」

生まれたときから溺愛され何不自由なく大切に育てられた優次郎は、相当な我儘《わがまま》息子に育ってしまったという。

「十五のときにはもう酒に溺れて、吉原《よしわら》にとんでもない額の借りを作ってくるんだからね。いろんな女郎にお前を身請けして大和屋の女将《おかみ》にしてやろう、なんて適当な甘いことを言って。あのときは私たちが火消しにどれだけたいへんな思いをしたことか、あの馬鹿には一生わからないんだろうね」

しげが下唇を嚙み締めた。

「優次郎さんは、大人になっても大和屋の商売に真剣に打ち込むことはなかったんですね」

「ああ、そうだよ。挙句の果てが十七で大和屋の金を持って行方《ゆくえ》をくらませてね。おとっつぁんの商売仲間との顔繫《かおつな》ぎも、おっかさんの帳簿つけや奉公人の使い方も、学んだのは優次郎じゃなくてすべて私ただひとりさ」

いつの間にか〝父〟のことはおとっつぁん、〝母〟のことはおっかさんと呼んでいる。

「ご苦労をされたんですね」

「苦労なんてもんじゃないさ。でもそれもこれもすべて大和屋のためだよ。おとっつぁんとおっかさんが続けてきた店を、私の代で終わらせるわけにはいかないって、ただそれだけのために力を尽くしてきたさ。なのに、なのにさ」

しげが目を伏せた。

しげはつい先ほど、己のことを跡取り娘ではなく〝ただの大和屋の娘〟と言い表した。

「優次郎がふらりと帰ってきたんだよ。十年ぶりにね。素性の知れない女房と、七つと五つになる男の子も一緒にね。なんでも小田原宿《おだわらしゆく》で旅の客を相手に風車の出店をやって暮らしていたらしいさ。いよいよ喰《く》うに困って生家に助けを求めに来た、ってわけだよ」

「……ご両親はどんな顔をされましたか?」

「泣いて喜んだよ。何せ、大和屋の大事な大事なお坊ちゃんだからね。息子ばかりか、思いもよらない孫息子まで二人も増えているんだからね。大和屋の中はまるで花見の宴のようさ」

しげが吐き捨てるように言った。

「そんなのおしげさんは、納得がいきませんよね」

糸は静かに頷いた。

かつて道を誤った者が心を入れ替えて真面目に生きようと奮闘する話を聞くと、誰もが感心し、その心意気を褒《ほ》め称《たた》える。

だが、一度も道を踏み外すことなく日々真面目に生き続けることのほうが、ずっと偉いに決まっている。

「大和屋の跡継ぎは優次郎さ。私は大和屋を出るよ。幼馴染《おさななじみ》が戸塚宿《とつかしゅく》の茶屋に嫁にいったから、そこで働かせてもらうさ」

「それで、優次郎さんに縁切り状を出したいというお話なんですね」

「そうだよ。おっかさんは、おしげにはこれからも優次郎の仕事を支えて欲しい、なんて言っていたけれどね。冗談じゃないよ。いつも大和屋のお家大事で生きてきた私にだって、胸の内に抱えているもんはあるのさ。さあ、いいかい？　優次郎へ。あんたとは姉弟《きょうだい》の縁を切る」

「ちょ、ちょっとお待ちくださいね」

糸はせかされるように筆を運んだ。

「おとっつぁんとおっかさん、それに大和屋のことはあんたに任せた。私みたいな邪魔者はいなくなるよ。どうか私の代わりに親孝行を――」

急にしげの声が止まった。

眉間に苦し気な皺《しわ》が寄った。

「今のはいらないよ。間違えた。今さら私が言うことじゃないね」

しげは大きく首を横に振る、

「邪魔者はいなくなるよ。縁切り状はそこで終わりでいいさ」

と自棄《やけ》になったように言い放った。

3

「お糸ちゃん、おはようございます。えっと、えっと、今日は真夏のように暑くなりそうな日ですね」

糸が井戸で水を汲《く》んでいると、背後から奈々の遠慮がちな声が聞こえた。

「お奈々、おはよう。そんなに堅苦しくならないでちょうだいな」

眉を下げて、しかしにっこり笑って振り返った。

「だって、だって、ごめんなさい。奈々は熊蔵さんならばお糸ちゃんのことを大事にして、一生幸せにしてくれる人だと思ってしまったんです。でもそれは、奈々の勘違いでした。まさか熊蔵さんに隠し子がいたなんて……」

奈々の目に涙が溜《た》まっていた。

「お奈々が謝ることじゃないの。それにつまらないことを言っては駄目よ」

「つまらないこと、ですか?」

不思議そうな顔をする。

「己を幸せにしてくれる人なんてどこにもいないわ。女は己の手でしっかり幸せを摑《つか》まなくちゃいけません」

もっとも、近づくだけで不幸になってしまう相手というのはこの世にはきっといる。

縁切り稼業を始めてから知ったことだ。

しかしまだ十を過ぎたばかりの子供相手に、そんな重苦しいことを言うつもりは毛頭なかった。

「確かにそうですね。そのとおりでした! 先ほどは奈々らしくもないつまらないことを言いました!」

奈々の目に急に力が宿った。

「そうそう、その調子」

「お糸ちゃん、あの男の子は、ほんとうに熊蔵さんの子なのですか?」

奈々がまっすぐな目でこちらを見た。

息を呑む。

決して誤魔化さないでくれ、と祈るような鋭い目に負けた。

「熊蔵さんは、そう納得していたわ」

「じゃあ、お糸ちゃんにそれを隠していたんですね？」

「違うの。熊蔵さんもあの子に会うまで、自身に子がいたのを知らなかったそうよ。嘘《うそ》をつく人じゃないわ」

「いったいどうして、そんなことになるんですか!?」

奈々が苛立《いらだ》ったような大きな声を上げた。

「……それは、お奈々にはまだ早い話よ。大人にしかわからない込み入った事情があるの」

胸に重苦しいものが広がる。

「お糸ちゃんは、それに納得したんですか？　そんな馬鹿馬鹿しい話に、そうでしたか、なるほどなるほど、って頷いたんですか？」

「馬鹿馬鹿しい話、なんて言い方はないわ。お美和さんはとても悩まれたはずよ」

「お美和さんのことなんて奈々には何の関係もありません。少しも知らない人です。奈々は、お糸ちゃんがこれからどうするつもりか教えていただきたいのです」

「どうするつもりですって？」

昨夜、熊蔵に同じことを訊いた。

「熊蔵さんとはお別れするしかないわ」

熊蔵と向き合っていたときは言えなかったが、奈々の前では滑らかに言葉が出た。

「……なぜですか？」

「だって、熊蔵さんには子がいたのよ。おとっつぁんに会いたかった、って泣いて喜んでくれるような小さな可愛い子がいるの。私が身を引かないわけにはいかないわ」

「熊蔵さんに、はっきりそう言ったんですか？」

「これから必ず言うわ。熊蔵さんとお美和さん、それに熊助くんって実の子との縁を、私は決して邪魔したくないの」

――邪魔者はいなくなるよ。

ふいに昨夜のしげの声が胸に蘇《よみがえ》る。驚いて微《かす》かに首を横に振った。

「お糸ちゃんは、それでいいんですか？」

奈々が眉間に深い皺を寄せた。

「もちろんよ。それ以外に道はないってわかっているもの」

「そうではなくて、お糸ちゃんが心からそうしたいということなんですか？」

「お奈々、そんなに怖い顔をするのはやめてちょうだいな」

「そんなの、納得できません！」

ぷいっとそっぽを向いた。

「ねえお奈々、何を怒っているの？　教えて？」

その場から駆け出しかけた奈々の腕を、咄嗟に摑む。

「奈々は、お美和さんのことも熊助って子のことも、どうでもいいです！　誰よりもお糸ちゃんに幸せになって欲しかったです！」

「お奈々、それは違うわ。他の人たちの情を無下にして、私だけが幸せになるなんてわけにはいかないのよ」

「そんなことありません。この世は欲しいものを手にする者がいれば、手にできない者もいます。誰かが褒められる横で、誰かが叱られています。大事なお糸ちゃんが誰かのせいで幸せになれないなんて、奈々はそんなの納得がいきません！　とてもとても、腹が立ちます！」

「これは、誰かのせい、ってわけじゃないのよ」

「もういいです。離してください。お糸ちゃんが自身のことを誰よりも大事にできないっていうなら、傍《そば》で見ている奈々は空《むな》しいだけです」

奈々が糸の手を振り払った。

「とりあえず、熊蔵さんと正式にお別れしたら教えてください。それ以降は熊蔵さんと町で顔を合わせても、思い切り知らんぷりをするって決めていますので。ついでに嫌ぁな陰口の一つや二つも流しておかなくてはいけませんね」

乱暴な足取りで歩き出した奈々が、びくりと足を止めた。

「あっ、大丸《だいまる》、えっと、えっと」

奈々の足元で、糸の左隣の部屋のイネが飼っている大きなぶち猫の大丸が「にゃあ」と鳴いた。

「おはよう、大丸」

糸が言うと、奈々が決まり悪そうにちらりと横目でこちらを振り返る。

「……おはよう、大丸。それじゃまたね」

いくら腹を立てていても、猫好きの奈々には大丸の横を素知らぬ顔で通り過ぎることはできなかったようだ。

「お奈々、ごめんね。あなたの言うとおりよ」

糸は奈々の背に声を掛けた。

奈々は何も答えずしゃがみ込むと、大丸の背を丹念に撫《な》でた。

4

春と夏のちょうど合間の、過ごしやすい夜だ。

こんな寒くも暑くもない夜は、綿入れを羽織って掻巻《かいまき》を首元までしっかり上げなくとも、窓を開け放って夜風を入れなくとも、すんなりと眠ることができるはずだ。

夕暮れどきから壁にもたれてぼんやりしていたら、行燈を灯《とも》す機を失ってしまった。

真っ暗な部屋の障子の向こうが、月明かりで淡い藍色に光っていた。

「大丸、ちがうよ。そっちじゃないよ。そっちは屑入《くずい》れさ。そうそう、新しい寝床はこっちの木箱だよ。何？　寝心地が悪いって？　やっぱりそうかい。藤吉《とうきち》のところの豆餅《まめもち》はこの木箱が大好き、なんて言っていたけれどね。豆餅は赤ん坊だから、なんでもはしゃいで喜ぶんだろうさ。無理して入らなくてもいいよ。あ、黄太郎《こうたろう》、あんたは気に入ったかい？　なら、無駄にならなくてよかったよ」

左隣の部屋からイネが猫たちに話しかける声が聞こえた。

右隣からは、物音はするのに面白いほどに話し声が聞こえない。

きっと奈々が父親を相手に、これ以上ないくらい声を潜めて糸と熊蔵の話をしているに違いない。

熊蔵は親方分である岩助には、当然事情をすべて話しているに違いなかった。

なら岩助が今のこの状況をどう思っているのか訊きたかった。

私はどうすればいいのか教えて欲しかった。

だが、岩助がすぐに糸を訪ねてこないことには、きっと岩助なりの考えがある。

「……熊蔵さんはいい人なの。ほんとうよ」

ため息交じりに小さな声で呟《つぶや》いた。

熊蔵が言ったことには、きっと嘘はない。

子を成すほど深い仲だった美和が熊蔵を捨てて別の男に乗り換えようとしたのも、己の腹に熊蔵の子が宿っていると知りつつ、熊蔵には告げずに母ひとり子ひとりで生きていく道を選んだのもきっとほんとうだ。

小さな熊助が一度も会ったことがないおとっつぁんを恋しく思いながら育ってきたのも、熊蔵が読売《よみうり》に取り上げられていることを知って美和が思わず零《こぼ》した一言に、熊助の胸が震えたのもきっとほんとうなのだ。

私の出る幕なんてどこにもない。

――己を幸せにしてくれる人なんてどこにもいないわ。女は己の手でしっかり幸せを摑まなくちゃいけません。

昼間に奈々に言った言葉を思い出す。

あれは自身に向けて言った言葉だ。

私は熊蔵に己の幸せを預けようとしてしまった。だから罰が当たったのだ。

「ああ、ここだ、ここだ。困ったな、お糸さんは留守みたいだな。ああ困った、どうしよう、どうしよう」

路地で見知らぬ男の声が聞こえた。

右隣の部屋の戸が勢いよく開いた。

「縁切り状のお客さんですか？　お糸ちゃんなら家におりますよ」

「え？　でも、行燈の灯が消えているよ。なら、もう寝ちまったのかね？」

「今のお糸ちゃんに限って、こんな早くにぐうすか高いびきで眠っているはずはありません。きっとぼんやり真っ暗闇を見つめながら、『でも、熊蔵さんはいい人なのよ』とでも呟いているに違いありませんよ」

まあ、お奈々ったら。

糸は頰に手を当てた。慌てて土間に下りる。

「その熊蔵、ってのは誰のことだい？」

「いえいえ、それはこちらの話です」

「こんばんは！　行燈の油を切らしておりまして失礼いたしました」

糸が表に飛び出すと、齢の頃三十くらいの男が立っていた。

身なりは良いが着物も足元も、まるでお仕着せのように新しいものだ。

頰は痩せて肌は日に焼けていたが、仔犬《こいぬ》のように黒目がちの目元がそこだけずいぶん頼りなく見えた。

「お糸さんだね？　俺は優次郎だよ。深川万年町の大和屋から来たんだ」

「あっ……」

奈々が、それではごゆっくり、と呟いて早足で部屋に戻った。

急いで壁に耳を当てて待ち構えるに違いない。

「おしげさんの縁切り状のお話ですね」

糸が問いかけると、優次郎は苦し気な顔で頷いた。

「姉さんがどこへ行ったか知らないかい？　この縁切り状を置いて急に姿を消しちまったんだ。大和屋は蜂の巣を突《つっ》いたような大騒ぎだよ。主人は寝込んじまって女将は泣き暮らしているさ。姉さんがいなくちゃ大和屋は立ち行かないんだ。まったく、『邪魔者はいなくなるよ』だなんて、いったい何臍《へそ》曲げているんだか……」

「臍を曲げる、だなんて言い方は違うと思います」

思わず遮った。

優次郎が驚いた顔で黙り込む。

「すみません、おしげさんからご事情を伺っています。苦しい胸の内も話していただきました。おしげさんは決して軽い気持ちで縁切り状を書かれたわけではありません」

「姉さんは、俺のことが嫌いだろう？　どれほど陰で俺のことを罵っていたか、聞かなくてもわかるぜ」

優次郎が苦笑いを浮かべた。

「罵ってなぞいませんよ」

「じゃあ、何と言っていた？　大和屋の金を狙う怪しい弟が戻ってきた。どうにかしてあいつを追い出すためにひと芝居打とう、って話かい？」

「そんな、おしげさんは優次郎さんを大和屋から追い出そうだなんて一言も言っていませんよ。ただ大和屋には己の場所がないと感じて、身を引こうと決めたんです」

強く首を横に振った。

「己の場所がないだって？　そんなはずがあるかい。大和屋は今じゃすっかり姉さんのものだろう？　むしろ姉さんは、俺がいなくなってから誰にも口出しされずに大和屋を牛耳れる、ってほくほくしていたんじゃねえかい？　それが目の上のたんこぶの俺が戻ってきたせいで、邪魔されそうだからって、拗《す》ねているのさ。俺は大和屋なんてどうでもいいんだよ。姉さんがそれだけ俺のことを煙たがっているなら、小田原で旭屋《あさひや》の店先に茣蓙《ござ》を広げて風車を売る暮らしに戻ったっていいんだ」

「そんなわけにいきませんよ。小田原での暮らしはずいぶんと苦しいものだったのでしょう？」

「へえ、姉さんはそう思っているんだな。俺が小田原から大和屋に戻ったのは、そりゃ貧乏生活に嫌気が差したってこともあるさ。けどね、いちばんの理由はおっかさんから届いた、どうか大和屋に戻ってくれ、って泣き落としの文だよ。情にほだされて意を決して戻ってみたら、姉さんにこんな仕打ちを受けて邪魔者扱いされるだなんて、やっぱりやめておけばよかったたな」

「邪魔者扱い、だなんて……」

糸は首を横に振った。

姉と弟、二人揃《そろ》って同じことを言う。

「お二人ともずいぶん長い間離れていたので、気持ちの喰い違いがあるような気がしますよ」

「仲違《なかたが》いは一緒に暮らしていた昔からさ。おとっつぁんおっかさんは出来のいい姉さんばかり可愛がるんだ。出来損ないの俺は、いつも大和屋で肩身が狭かったさ。だから、おっかさんから文が届いたのは嬉《うれ》しくてさ……」

優次郎が口元をへの字に結んだ。

「けどな、ようやく心が決まったよ」

「心が決まった……、って、いったいどうされるんですか？」

どこか不穏な響きに気付かぬはずはない。

「いや、いいんだ。付き合わせて悪かったね」

優次郎は首を横に振ると、糸が止める間もなく夜の闇を駆けていった。

5

そろそろ眠らなくてはいけない頃だと横になったが、思ったとおりうまく寝付けない。

糸は嫌な汗を感じながら、丑三《うしみ》つ刻《どき》（午前二時～二時半）頃まで、うとうと微睡《まどろ》んだりはっと目覚めたりを繰り返した。

浅い夢の中で、糸は母親代わりの養い母の腹に頬を押し当ててはしゃいでいた。

――男の子かな？　それとも女の子かな？　きっと可愛いね。早く生まれておいで。

糸は頬を熱くして呟いた。

はち切れんばかりに膨らんだ腹には、この世の幸せなものがすべて詰まっている気がした。

しかし。

血を分けてはいなくともほんとうの母親と変わりないと信じていたその人は、氷のように冷たい顔を見せた。

――あんたには関わりのない話さ。

――えっ？

息がぴたりと止まった。

――この子ができると知っていたら、あんたみたいに面倒な子、決して引き取ったりはしなかったよ。

嘘だ。

ほんとうの養い母は決してそんなことを言ったりしない。

暗闇に何かが見えてしまって恐れおののく糸のことを、いつまでも根気強く宥《なだ》めて抱き締めてくれた心優しい人だ。

――この子が生まれたらあんたは邪魔者だ。この家から出て行っておくれ。

違う。

年嵩《としかさ》で初めての子を身ごもった養い母は、毎晩のように繰り返される糸の混乱ぶりに身体を壊してしまったのだ。

それは仕方なかった。誰にもどうすることもできなかった。

糸の手を引いて湯島霊山寺《ゆしまれいざんじ》へ向かいながら、ごめんね、ごめんね、と泣き続ける養い母を、私は「おっかさんは少しも悪くないよ。どうか泣かないで」と慰めたのだ。

おっかさんは、おとっつぁんは、決して私を邪魔になんて思っていなかった。

私のことを心から大事に思ってくれた。

あれはどうしようもないことだったんだ。

はっと目が覚めた。

心ノ臓が破鐘《われがね》のように鳴っていた。

「嫌な夢……」

息が震えた。

額に掌を当ててしばらく息を整えた。

今にもわっと泣きだしそうなくらい、気が高ぶっていた。

「なんだかすごく喉が渇いたわ。お水を……」

身体を起こして土間の水瓶《みずがめ》に向かおうとしたそのとき、白いものに気付いた。

掌くらいの大きさの四角い紙だ。

中に何かを包んである。

「これが優次郎さんの心に残ったものなの？」

暗闇に問いかける。

答えはない。

紙包みを開いてみた。

ほんの刹那、虫か何かが入っているのかとぎょっとして取り落としそうになった。

だが中身は動かない。

「根っこ……？　何かの草の根っこだわ」

中には白く乾いた根が入っていた。

泥のような、油のような、今まで嗅いだことのない匂いが微かに漂う。

「いったい何の根なのかしら？　それにこの匂い……」

糸が目を細めたそのとき、白い根は包み紙ごとふっと消えた。

6

美和と熊助が現れたあの日から、イネも藤吉も示し合わせたように糸と顔を合わせてくれない。

隣の部屋の会話はすべて筒抜けの長屋暮らしだ。

二人とも糸が路地に出ると部屋に引っ込み、糸が部屋に戻ると表に出てくる。皆で揃って、腫れ物に触るような扱いとはこのことだ。

一抹の寂しさを覚えながらも、下手なことを言ってはいけないと案じる皆の気遣いは痛いほどわかる。

普段どおりに身支度を整えて朝飯を摂《と》り、写本の仕事にとりかかろうとしたそのとき。

「お糸さん、朝早くからすみませんね。どうしてもあなたと顔を合わせて話したいんです」

戸口の向こうで女の声がした。

開け放った障子から覗《のぞ》く空に目を向けた。朝のお天道《てんと》さまが燦燦《さんさん》と輝いている。

夕暮れどきに人目を避けてやってくる縁切り状の客ではない。

まさか。

どうかそうであって欲しくないと思いながら戸を開けると、そこに美和の姿があった。

咄嗟に見なかったことにして戸を閉めそうになった。だがさすがにそんな失礼なことはできるはずがない。

「どうかお願いします。私の話を聞いてくださいな。熊蔵にはお糸さんに近づくなと固く止められましたが、きっと辛《つら》い思いをされているに違いないと思うと、居ても立ってもいられなくて参りました」

「……お入りください」

糸は頷いた。

「ありがとうございます」

狭い部屋で美和とまっすぐ向かい合って座った。

「今日は、お子さんはどちらにいらっしゃいますか？」

熊助の姿がなくて心からほっとしている己がいた。

「宿の人に預かってもらいましたよ」

美和が〝宿〟というところを強く言った。

熊蔵のところで世話になっているわけではない、と伝えたいのだろう。

「そうですか。でしたら安心ですね」

二人とも黙り込む。

「お糸さん、あなたにはほんとうに申し訳ないことをしてしまいました。ほんの出来心でした。私たち親子は今までずっとお江戸から離れた保土《ほど》ケ谷《がや》で静かに暮らしていたんです。それが偶然読売で熊蔵の名を見て、『ああ、あんた立派になったんだね、偉いね』って一言だけ声を掛けたくなっちまったんです。それがこんなことになるなんて。

あなたが人生でいちばん幸せなときに水を差すような真似をしてしまって、どうお詫《わ》びして良いかわかりません」

美和が悲痛な声を上げた。

あのときは、私の人生でいちばん幸せなときだったのかしら。

己の胸の中だけでそんな声が聞こえた。

「どうぞ、どうぞ、熊蔵のことを見捨てないでやってください」

美和が涙声で言うと、床に額を擦りつけた。

「私たち親子は、お二人の前にはもう二度と現れません。熊助は私の勝手で産んだ子です。たとえどんな想いをしていようと、それは私ひとりが受け止めなくてはいけないことです。私はあなたから熊蔵を奪ってやろうだなんて、そんなこと決して思っていません」

「お美和さん、顔を上げてください」

糸は静かに言った。

驚くほど胸が冷えていた。

美和の言い分はわかった。こうして頭を下げに来てくれたのは、ただ糸と熊蔵のためと一途に思っているのだろう。

美和の様子に嘘や狡《ずる》さはどこにもない。

だがしかし――。

「もしも私がいなければ、久しぶりに会った熊蔵さんに、熊助くんのことをどう話すおつもりでしたか？」

「えっ」

美和が息を呑んだ。

「熊助くんは、熊蔵さんの子だと打ち明けるつもりだったのではありませんか？」

「えっ、そ、そんなことは決して……」

美和は激しく狼狽《ろうばい》した顔をしてから、諦めたように息を吐いた。

「もしも熊蔵にお糸さんという人がいなければ、今も独り身でいたならば、そう目論《もくろ》んでいたのもあるかもしれませんね。けど、お糸さんという人がいるならば、決して二人の邪魔をするような真似は……」

「お美和！　どうしてお前がここにいるんだ！」

ふいに熊蔵の声が響いた。

「あ、あんたこそどうして？」

「熊助が、宿を逃げ出して俺のところに来たんだよ。『おっかさんがお糸さんのところに行ったよ』ってな。肝が潰れるかと思ったぞ。お糸さん、すまねえ。このとおりだ」

熊蔵が深々と頭を下げた。

「お美和、すぐに帰ってくれ」

「嫌だよ。まだ話は終わっちゃいないよ。私は決して帰らないさ」

「これは俺たちの話だ。お美和には関わりない」

「そんなことないよ。私がいけないんだから私が謝らなくちゃ。お糸さんに許してもらえるなら何でもするよ。私はあんたとお糸さんに添い遂げてもらいたいんだ」

「お糸さんだって、お前に謝られたってどうも答えられないさ。なあお糸さん？」

糸は思わず一歩後ずさった。

二人とももうやめて。

私のことを巻き込まないで――。

「なんだなんだ、熊蔵、いったいどうしたんだ？」

思いがけない声に驚いた。

信じられない心持ちで顔を上げると、戸口から銀太《ぎんた》が顔を覗かせていた。

「お糸さん、おはようございます。お奈々が養生所にやってきて、たいへんなことが起きているから今すぐに来てください、なんて大騒ぎをするものでして。慌てて駆けてきました」

銀太の足元で、奈々が素早く後ろに隠れた。

「……なんだ、銀太かよ。どうしてお奈々はわざわざお前を呼びに行ったんだ」

熊蔵が急に力ない笑みを浮かべた。

美和も毒気が抜けたように白けた顔をしている。

「お糸さん、ほんとうに今日は悪かったよ。今日のところは、お美和は俺が宿まで連れて帰るさ。お美和、行くぞ」

熊蔵が言って先に表に出た。

「は、はい。それじゃあ失礼します」

美和が糸だけではなく銀太にも頭を下げつつ、早足で出ていった。

「お糸さん、たいへんな目に遭いましたね。お気持ちをお察しします」

銀太が目を伏せた。

路地の桜の木で、小鳥が囀《さえず》り合う明るい音色が聞こえた。

7

皆が早足で今日の仕事を始めている朝の町を、銀太と二人で並んで歩く。

「今日は暑くなりそうですね。もうじき夏が始まります」

銀太が降り注ぐ日の光を見上げた。

「……ええ」

糸は俯《うつむ》いて頷くだけだ。

いったい何を言えばいいのかわからない。言葉をすっかり失ってしまった気分だった。ただ途方もなく恥ずかしい。

それが、先ほどの熊蔵と美和との揉《も》め事《ごと》に銀太を巻き込んでしまったからなのか。それとももっと深いところにある己と熊蔵の仲についてなのか。

糸にはわからなかった。

「熊はまっすぐな男です。それだけは友として言い切ることができます。お糸さんを騙《だま》そうとしたはずがありません。熊のあなたへの想いはほんとうです。ただきっと、どうにもならないような事情があるはずなんです」

銀太が意を決したように言った。

「ええ、熊蔵さんの口からちゃんと聞きました。嘘はないと思います」

糸から熊蔵と美和の昔の話を聞いた銀太は、しばらく黙り込んだ。

「銀太先生だったら、こんなときどうされますか？」

糸は沈黙に耐え切れず、わざと明るい声で訊いた。

「それは、私がお糸さんの立場だったら、ということですか？　それとも熊の立場ですか？」

「銀太先生が熊蔵さんだったらどうするか、が知りたいです。昔惚れ合った人との間に己が知らない間に子が生まれていて、その子が父親を求めて寂しい想いをしているとしたら、どうされますか？」

　密かに息を吐いた。

　昔惚れ合った、と口に出したら、やりきれない空しさが胸に広がった。

　熊蔵と美和の、夫婦のように気のおけない口喧嘩《くちげんか》の光景が蘇る。

　美和は熊蔵とのことはずっと昔に終わったのだと頭ではわかっていたはずだ。

　けれど読売でその名を見て、まるで己の男が賞賛されているような浮かれた心持ちになった。覚えずして、我が子にそれを話してしまった。

　万が一にも縁があるならばもう一度、と、浅ましくもいじらしい想いを胸に、幼な子の手を引いて遠く保土ヶ谷から歩く道のり。美和の胸を揺れ動いた熱い想いが伝わってくるような気がした。

「私ならば、親として生きる以外の道はあり得ません。お糸さんのことは諦めます」

　糸は息を止めた。

「ですがこれは、私がその生まれによって人一倍、親というものを求めているせいもあるでしょう。私は親と子の関わりというのは、ほかのどんな人との関わりよりもどうかまっすぐであって欲しいと願っているものですから」

　銀太が寂しそうな顔をした。

「その決断にお美和さんへの気持ちというのは、少しも関わらないんでしょうか？」

糸は恐る恐る訊いた。

「私ならば、己の子を産んでくれた女を生涯守ります。我が子がこの世にいると知っただけで、きっとお糸さんへの想いはその場でろうそくの灯を吹き消すように消えてしまうはずです」

「そんな……」

目の前が揺らぐように冷たい言葉をぶつけられた気がした。

「ごめんなさい。これはあくまでも私の話です。熊が同じように考えるかどうかはわかりません。特にお美和さんとの仲は、熊にしかわからないこともたくさんあるでしょう。それに、決めるのは熊だけではありませんから」

「お美和さんと熊助くんの気持ちも、大事ですよね」

「違いますよ。確かにそうかもしれませんが、私が言おうとしたのは違います」

銀太が窘《たしな》めるように笑った。

「決めるのは、お糸さん、あなたでもあるんですよ」

はっとした。

銀太の口調は優しい。

それなのに糸の煮え切らない様子に苛立った奈々の泣き顔が浮かぶ。

「すみません、そのとおりです。こんな大切なことを、他人事《ひとごと》のようにしていてはいけませんよね」

「あまりの出来事に呆然として、何をどう考えたらいいのかわからなくなってしまう、という気持ちはよくわかります。もし私でよければ、いつでも話し相手になりますよ。幸い、熊がどんな奴《やつ》かっていうのは、付き合いが長い分、お糸さんよりももっとよく知っているかもしれません」

銀太が眩《まぶ》しそうに目元に手をかざした。

「銀太先生……」

銀太先生は、私と熊蔵さんにどうなって欲しいですか?

そんな言葉が胸の中で響く。

私はもうすべて、銀太先生が、あなたが求めるとおりになればそれでかまいません。

「何ですか?」

訊き返されてはっと我に返った。

「えっと、そうだ。銀太先生にお目にかかったら教えていただきたいことがあったんです」

慌てて誤魔化す。

「何でしょう? 私が力になれそうなことでしたら喜んで」

「これくらいの大きさの紙を四角く折り畳んで、左右のところをこうして折ってあるのって……」

　昨夜現れた白い紙包みの大きさを指で示す。

「薬の袋ですね。養生所でもよく使っていますので、お糸さんも目にした機会があるはずです」

「やはりそうですよね。その袋の中に、白い根のようなものが入っていたんです。いったい何の根だかわかりますか？」

「白い根、ですか？　大きさは？」

「このくらいです。乾いた細い根です」

　掌に載せる真似をした。

「匂いはありましたか？」

「ええ、泥のような、それに油のような、強い匂いがしました」

「泥と油の匂いですか。それは人参《にんじん》ですね。朝鮮半島伝来の薬草の根です」

　銀太が頷いた。

「人参……ですか？　名を聞いたことはありますが、あれがそうとは知りませんでした」

　そうだったのか、と頷いた。

「とても高価なものですからね。養生所で気軽に使うことはできません。どうしても必要なときに使う奥の手です」

「人参にはどんな効果があるんですか？」

「滋養強壮です。特に子供に与えると疫病にかかることなく、健やかに成長することができると聞きます。ですが病に倒れたわけでもない壮健な子にお守りがわりに人参を与えるなんてことができるのは、よほどの大金持ちくらいでしょうね」

「疫病にかかることなく、健やかに成長できるんですね……」

糸の胸にしげと優次郎の、実は驚くほどよく似た顔が浮かんだ。

8

銀太に礼を言って別れて長屋に戻ると、路地に青い顔をしてそわそわと周囲を見回すしげの姿があった。

糸の姿に気付くと必死の形相で駆け寄ってきた。

「ああ、あんた、どこに行ってたんだい!? 探したんだよ！ 隣の部屋の奈々って子が、養生所にいるかもしれない、はたまた静かで居心地よい小川のほとりにいるかもしれない、なんてよくわからないことを言うからね。養生所に人をやって、さらにここいらを虱《しらみ》潰《つぶ》しに探そうとしていたところだよ」

「いったい何がありましたか？」

しげの剣幕に驚いた。

「優次郎が家を出ていったんだ。それも女房子供を置き去りにして大和屋の金を持ち逃げしてね。私は知らせを聞いて戸塚から飛んで帰ってきたよ」

「ええっ！」

「これが書き置きさ。どうせ私の縁切り状の真似をしたんだろうけれど、汚い字に皺くちゃの紙だろう？」

《女房子供のことはすまない。どうか俺の代わりに大事にしてやってくれ。俺はもう二度と深川には戻らない。だから跡取りは姉さんに任せておくれ》

拙い字だった。間違えた字をいくつも塗りつぶして消してある。

拗ねた顔で頬を膨らませる子供の姿が胸に浮かぶようだ。

今生の別れの大事な手紙を、こんなにいい加減に書く者はいない。

「お糸さんのところに行ったんじゃないかと思ってね。それで断られたから、自身の手でこんな汚い書き置きを残したんだろう？」

「優次郎さんは、確かに私のところにいらっしゃいました。けれど、縁切り状を頼まれたわけではありません。優次郎さんは、ただおしげさんの行く先に心当たりがないかと尋ねていらっしゃいました」

しげが嫌な顔をした。

「やっぱり優次郎が来たんだね。私が家を出てから、近所で『縁切り状を書くところを知らないか?』って訊いて回っていたらしいからね。あの馬鹿、どこに逃げるつもりか話していなかったかい?」

「……おそらく小田原だと思います。小田原の旭屋の店先で風車を売る暮らしに戻ってもいい、とお話ししていましたから」

優次郎が店の金を持ち逃げしたというのなら、ここで庇《かば》ってはおかしいことになる。

「小田原の旭屋、だね。わかった、ありがとうね。すぐに向かうよ。優次郎って奴はほんとうにどうしようもない奴だよ。あれこそ疫病神だ。すぐに金を取り返して……」

「その疫病神みたいな優次郎さんを、無理やり大和屋に連れ戻すんですか?」

糸が訊くと、しげが動きを止めた。

「そりゃ、決まっているだろう。おとっつぁんもおっかさんも、何よりもそれを望んでいるさ」

「けれど、お話を聞いていると、今の優次郎さんが大和屋のような大店《おおだな》の跡取りを務められるとは到底思えません」

「務められるかどうか、なんて関係ないんだよ。やらなくちゃいけないんだ。やるんだよ。私みたいな商売に少しも向いていない気質の女だって、優次郎がいなくなってからはやらなくちゃいけなかったからね」

「おしげさんは根っからの商売人ですよ。己の利になるかを考える前に身体が動き、周りの人のために懸命に励むことができる方です」

糸は心を込めて言った。

「……そ、そうかい？　ずいぶん良く言ってくれるね」

しげがきょとんとした顔をした。

「私がわかるくらいなのですから、おしげさんのご両親は、ずっと前からそれに気付いているはずです。優次郎さんの気質では、決して大和屋の主人は務まらないと。そして優次郎さん自身も、幼いころからそうと気付いていたはずなんです」

「どうしてあんたが優次郎のことまでわかるんだい？」

しげが怪訝《けげん》そうな顔をした。

「私のところに優次郎さんの心に残ったものが現れたんです。このくらいの白い包み紙に入った、白い根っこ。薬草の人参です」

「このくらいの白い包みに入った、白い根っこ……」

しげが指で四角形を作る。

「覚えているよ。ずっと昔、いつもうちにあったさ」

しげがぼんやりと遠くを見る目をして頷いた。

「あんた、人参を齧《かじ》ったことがあるかい？」

「いいえ、とても高価な薬草と聞きました。私にはそんな物を口にする機会はありません」

「……私もさ」

しげが眉を下げて笑う。

「お糸さん、悪いけれど一緒に小田原まで来ておくれ。私ひとりで行ったら、あの子、その場で尾っぽを巻いて逃げ出すかもしれないからね。逃げ出されたら困るんだ。大事な話をしなくちゃいけないいんだよ」

「ええ、すぐに参りましょう」

糸はしっかりと頷いた。

9

しげが手配した駕籠《かご》に乗って急いでやってきた小田原宿は、お江戸よりもずっと暑かった。

海に近い穏やかな気候のためももちろんあるが、旅人が通りに溢《あふ》れる宿場町の賑《にぎ》わいのせいもあるだろう。

道行く人に尋ねながら旭屋という宿屋に辿《たど》り着くと、店の前に茣蓙を広げて寂しい顔で風車を売っている優次郎の姿があった。

地べたに座って煙管《キセル》を手に、道行く人に愛想笑いを浮かべている姿は、いかにも宿場町の萎《しな》びた物売りという様子だ。

「優次郎」

しげが声を掛けると、優次郎がはっと顔を上げた。

煙管を地面に叩《たた》きつけて腰を浮かせかける。

「優次郎さん、私も一緒に来ました。おしげさんが大事なお話があるそうです」

糸が続けると、「どうしてあんたが？」と目を丸くした。

すぐにぴしゃりと額を叩く。

「あんたに旭屋の名を言っちまったのは失敗だったな」

「なにさ、わざと言ったくせに。探して欲しかったんだろう？」

しげが子供同士の喧嘩のような意地悪い声を出す。

「わざとじゃねえやい！」

言い返す優次郎も、釣られて子供の顔だ。

「金を取り返しに来たんだな？」

「ああそうだよ。あれは晦日《みそか》の支払いに使う大事な金だ。早く返しな。小田原へ向かうのに使った以外は、一銭も使わずにちゃんと残してあるんだろう？」

しげがすべてお見通しという顔で、ぐっと掌を前に突き出した。

「ちぇっ」

優次郎が懐から巾着袋を取り出した。

顔を背けて差し出す。

「はい、いただきましたよ」

しげが周囲に鋭い目を向けて、素早く巾着袋を胸元に押し込んだ。

「じゃあ、用はそれだけかい？　金は返したんだから、これで終わりってことでいいだろう？」

「それで済むと思うかい？」

しげは唇を結んで訊き返した。

「俺にはどうだかわかんねえや」

優次郎が目を泳がせる。

「優次郎、姉さんの顔をごらん」

しげが優次郎の目の前にしゃがみ込んだ。

「な、なんだよ。気持ち悪いな……」

「あんた、人参を覚えているかい？」

「へっ？」

優次郎が素っ頓狂な声を上げた。

「おっかさんが異国の薬売りから買い求めていた、あの草の根っこみたいなやつだよ」

優次郎が顔を顰《しか》めた。

「人参、ってあの苦い薬の話かい？　覚えているさ。一口齧っただけで、苦さで顔が皺くちゃになっちまうんだ。頭の先から足の先まで、あの泥みてえな油みてえな苦い匂いが広がるんだよ。ありゃ、最悪さ」

「けれど、寿命が七年延びるんだったね」

しげがゆっくり言った。

「ああ、おっかさんはそう言っていたな。けど、あんなの薬売りが適当に耳当たりのいいことを言っただけさ。あの人参を齧るだけで寿命が七年延びるってんなら、俺なんて何百年生きることになるかわかったもんじゃねえよ」

優次郎が鼻で笑った。

「そうだね。あんたは月に数度は人参を齧らされていたからね。私はあんたが羨ましかったよ。ひとりだけ、毎度毎度、七年も寿命を延ばしてもらえているあんたがね」

しげの言葉に、優次郎の顔が強張《こわば》った。

「ちょうど、人はいずれは死ぬってことに夜通し思い悩むようなお年頃さ。私だって、おとっつぁんとおっかさんに、これを齧れば七年寿命が延びる、って夢のような薬を与えて欲しかったさ」

「姉さんは俺と違って身体が丈夫だっただろう？　それにあんな薬、飲まないほうがずっと幸せさ。あの苦い味を思い出すだけで、今でも吐き気がするぜ」

「だから、あんたはあの高価な薬を、おっかさんの目を盗んでこっそり捨てていたんだよね？」

姉と弟が見つめ合った。

「あのときのこと、覚えているんだね？」

「忘れるはずがないさ。だってあれを見つけた私はさ、あんたにとんでもないことを言っちまったんだよ」

しげが苦し気に眉間に皺を寄せた。

「もちろん覚えているさ。『優次郎なんて大きらい！　優次郎なんていなくなっちゃえ！』ってな。しっかり者で優しくて大好きだった姉さんに、急にあんなことを言われて。俺はずいぶん傷ついたんだぜ」

優次郎が苦笑いを浮かべた。

「あれからあんたは、私と顔を合わせると、おどおどと目を逸《そ》らすようになっちまったよね。どうして私にあんなにひどいことを言われたのか、理由が少しもわからなかったんだから当たり前さ。かわいそうなことをしたよ」

しげが涙ぐんだ。

「家じゅうの皆が、姉さんは働き者で賢くて頼もしい立派な娘だって言うのさ。その姉さんに己が嫌われている、っていうのは辛かったぜ」

「あんたが大和屋で心安らかに過ごせなくなっちまったのは、私のつまらない嫉妬のせいさ。後生だからもういちど大和屋に戻っておくれ。私は姉さんとして、あんたのことを支えたいんだ」

「大和屋は姉さんが継いだほうがいいさ。そのほうがきっとうまく回る」

「そうしたら、あんたはどうなるんだい？　このままここでひとりで根無し草のように生きるのかい？　それじゃいけないんだよ。皆が仲良く幸せに暮らすためには、あんたが大和屋を継いで私がそれを支えるのがいちばん都合がいいんだ」

「……姉さんは、大和屋の女主人になりたいって思わないのかい？」

　優次郎が不思議そうな顔をした。

「私は根っからの商売人だからね。手前の肩書なんかよりも商売がどううまくいくかが何より大事さ。あんたをこのままここへ放っておいたら、いつとんでもない尻拭いをさせられる日が来るかわかったもんじゃないからね。そんな懸念は先に潰しておきたいだけだよ」

　しげが頼もし気に胸を張った。

「そっか、さすが姉さんだな」

優次郎がふっと笑った。

「姉さん、あのさ、俺ばっかり可愛がられているように見えたなら、ほんとうにごめんな。俺自身には、どうにもならなかったことなんだけれどさ」

「いや、違うよ」

しげが首を横に振った。

「あの家では、私ばかりが可愛がられていたのさ。立派な姉さん、いい姉さん、おまけに身体が丈夫な姉さん、ってね。いっつも私ばかりが褒められて、その横で苦い人参を齧らされていたあんたがどんな心持ちだったか、私はちっとも気付かなかったよ」

しげがにやりと笑ってみせた。

「いや、それは違うよ。やっぱり可愛がられていたのは俺のほうさ。姉さん、俺ばっかり可愛がられていてごめんな」

「いや、いや、それは違うさ。優次郎、私ばかり可愛がられていてすまなかったねえ」

二人は照れくさそうに顔を見合わせると、

「帰ろうか」

と声を揃えた。

10

小田原でしげに手配してもらった宿は、糸ひとりでは広すぎるくらいの部屋だった。床の間には藍色の花菖蒲《はなしょうぶ》が飾ってある。調度品のどれにも相当金がかかっていると一目でわかった。

「おしげさんたら、こんなに立派なお部屋を取ってくださらなくてもいいのに」

頬が緩んだ。

しげと優次郎の笑顔が浮かんだ。

縁切り状を送った二人が再び共に歩み出すことができたのは、初めてのことだった。私が暗闇に見えてしまったもののせいで、いやそのおかげで、もう一度途切れかけた縁を結び直すことができたのだ。

嬉しくて胸が震えた。

覚えずして手を合わせた。

養い親の家から預けられた霊山寺で、住職は些細《ささい》な物事にもこうして手を合わせて感謝していた。

目を閉じて「ありがとうございます」と何物でもない何かに向けて礼を言う。

ふいに隣の部屋から、女子供の燥《はしゃ》ぐ声が聞こえた。

時折混じる男の声も優しげだ。きっと家族で旅に訪れているのだろう。

両親とともにこんな豪華な部屋に泊まることができるなんて、ずいぶんと恵まれた生まれの子だ。

きゃあ、と少々生意気そうな甲高い声と、それを窘める母親の声。

糸は小さく笑みを浮かべた。

子供とはなんて可愛らしいのだろう。

どれほど生意気でも、傲慢でも、浅はかでも、根性曲がりでも、決して憎いとは思わない。

どうか隣の部屋のあの子の人生が、このままずっと恵まれたままであって欲しいと思う。思いがけない不幸や、目を覆うような悲劇に見舞われることが決してないようにと願う。

窓の外の暮れかけた空を見つめた。

夕暮れどきは、終わらない仕事を慌てて片付けたり夕飯の支度やらで、毎日とにかく忙しい。

落日が橙《だいだい》と紫と藍色に混じり合って夜空へ溶けていく光景を、久しぶりにゆっくり眺めることができた気がした。

「綺麗な空。それにおしげさんも優次郎さんもほんとうによかった。今日はとてもいい日だわ」

ほっと息を吐く。

頬を伝う涙に気付いた。

「そうよ、今日はとっても……」

しゃくりあげた。

涙が後から後から溢れ出す。

うっと呻《うめ》いたら、もうあとは止まらなかった。

糸は肩を震わせて奥歯を噛み締めた。

項垂《うなだ》れると、上等な畳に涙が幾粒も落ちた。

「どうして、どうしてなの……」

糸は口元を手で押さえながら呟いた。

頬を染めて糸に優しい目を向けた熊蔵の顔が、必死で頭を下げる美和の顔が、そして熊蔵の名を聞いたときの熊助の笑顔が胸を巡った。

夕暮れ空は、みるみるうちに暗い夜空へ変わっていく。

「おとうさま、おとうさま、見て、見て、いちばん星だよ！」

隣の部屋から、得意げな子供の声が響いた。

第二章　桜の脇差

1

　手の甲に跳ね返る井戸水の冷たさが、心地好く思える時季だ。

「あら、大丸。おはよう。今日も可愛らしいわね。まあ、今日は豆餅も一緒なのね。あんなに小さかった豆餅がずいぶんと大きく立派になって、藤吉《とうきち》兄さんはさぞかし喜んでいるでしょうね」

　相変わらず顔なじみの長屋の皆は、できる限り糸と顔を合わせないようにしている。

　糸はこの暑さだというのに閉ざされた藤吉の部屋をちらりと見てから、猫たちに手を振った。

「おはよう、あんたと会うのは久しぶりだね」

「おイネさん！　おはようございます。ほんとうにお久しぶり」

　思いがけなく声を掛けてもらえたのが嬉しくて、糸はイネに駆け寄った。

「早いところ決着をつけてもらわないと困るね。長屋の皆が暑気当たりで倒れちまうよ」

確かに長屋の路地に面した戸は、どこもぴたりと閉ざされていた。

「ごめんなさい。皆さんにそんなに気を使わせていたなんて、少しも知りませんでした」

糸は俯いた。

「しっかり戸を閉めておけと言ったのは私さ。どうせ皆は、お糸の顔を見たら最後、決して黙っちゃいられないだろう？　もちろんこの私もおんなじさ」

イネがせせら笑った。

「銀太が来ていたね？」

はっと息を呑んだ。

銀太はイネが産んだ九人の子の末っ子だ。かつてイネは、亭主と姑《しゅうとめ》からの酷《ひど》い折檻《せっかん》に耐え切れずに、我が子を皆置いて家を逃げ出した。

そんなイネを遠くから慕い続けていた銀太は、ある事実をきっかけにイネとの縁を切ることを決めたのだ。

銀太の想いを受け入れたイネは、それから決して銀太の前には姿を現さない。

「ええ、お奈々が養生所まで銀太先生を呼びに行ってくれたんです」

「熊蔵とお美和との大騒ぎの仲裁に、ってことだろう？　ありゃ酷いもんだよ。熊蔵って男はまったく……」

言いかけて、「いけない、いけない」と呟いて黙った。

「悪かったね、そっちのことには口を出さないって決めているんだよ。私が話したかったのは銀太のことだけさ」

イネは肩を竦めた。

「久しぶりに銀太の声を聞けて嬉しかったよ。あの子は達者にしているかい？　疫病が流行《はや》ったころは、ろくに寝る間もなかったんだろう？」

普段の捻《ひね》くれ者《もの》のイネとは思えない素直な言葉が、胸に迫った。

「ええ、病ひとつ罹《かか》ることなく、とても壮健にされています」

糸は頷いた。

「そりゃよかった」

イネが目を細めた。

「銀太は、熊蔵とお美和の件を何と言っていた？　銀太はあんなときに気の利いたことを言えるほど遊び慣れちゃいないだろうからね。気になっていたのさ」

母親の顔だ。

「熊蔵さんの私への想いはほんとうです、と言ってくださいました」

口に出してしまってから、これではまるで惚気《のろけ》のような言葉だ、と急に恥ずかしくなった。どうしてこんな明け透けな言い方をしてしまったんだろう。

「へえ、そこのところは私も銀太と同じ考えさ」

イネが嬉しそうに言う。

「他には何か言っていたかい？　熊蔵と添い遂げるべきだ、とか、ここは身を引いたほうがいい、とか偉そうな説教でもしてきたかい？」

「……いいえ。銀太先生と話したのはそれだけです」

嘘だ。

――決めるのは、お糸さん、あなたでもあるんですよ。

銀太の言葉が胸に蘇った。

だがなぜか、このことをイネに話してはいけないような気がした。

「そうかい、あの子はきっと奥手だからね。男と女のことはちっともわからないだろうね。黙っているのが賢明さ」

イネは少しも疑う様子なく大きく頷いた。

ふいに、浮足立つ己の心を糸に見透かされたと思ったのか、居心悪そうな顔をする。

「もっとも、こんな母親のせいで、男と女のことなんてこりごりだと思わせちまってるのかもしれないね」

「そんな言い方をなさらないでくださいな」

糸は眉を下げて首を横に振った。

「お糸、私はさ、八人の子たちはみんな大火で焼け死んじまって、ひとり生き残った銀太からは二度と顔も見たくないと縁を切られただろう？　たまに、いったい何のために子を産んだんだろうって思うときがあるのさ。大きなお腹《なか》を抱えて、朝から晩まで家族の世話に明け暮れて、すべてがなくなっちまった今、私の人生はいったい何だったんだろうって思うのさ」

イネの言葉の真意がわからず、糸は怪訝な顔で見返す。

「失礼いたします。お糸さんはこちらにお住まいですか？」

長屋の戸口に現れた娘を見て、イネが目を丸くした。

「わっ！　驚いたねえ。お糸にそっくりじゃないか。他人の空似、ってのはこのことだ」

「えっ？」

思わず糸は訊き返した。

己では少しもそんなことを思わなかったので、とても驚く。

少々気が強そうな目をした、艶っぽくて綺麗な娘だ。

こんな美しい娘に似ていると言われて少しも嫌な気がしない。だが、いったいどこがどう似て見えるのだろう。まじまじ顔を眺めてしまう。

「よくよく見ると顔立ちはまったく違うんだね。けど、背格好がそっくりだ。それと、えっと、どうしてこんなに似て見えるんだろうかねえ……」

イネが首を捻る。

糸はあっと呟いた。

「目尻の黒子《ほくろ》が同じなんです。ほんの小さい目立たないものですが、案外人の心に残るんですね」

糸は己と同じ位置に黒子のある娘に微笑みかけた。

娘も人懐こい笑みを返す。

「私が糸です。ご用は何ですか？　写本でしょうか？　それとも恋文の代筆を？」

「縁切り状を書いていただきたくて参りました」

えっと目を瞠《みは》った。

こんな真っ昼間から縁切り状の依頼だなんて。

「私には惚れ合った春一《はるいち》という人がいます。その春一が、夜に女が出歩くなんて嫌だっていうんです。なので朝のうちにこちらに伺ったんです」

娘は少々頬を染めてそう言うと、

「私は蔦《つた》と申します。湯島《ゆしま》の切通坂下《きりどおしさかした》から参りました。何卒《なにとぞ》よろしくお願いします。」

と、春一も申しておりました」

と頭を下げた。

2

糸の部屋では、ちょうど朝餉《あさげ》に冷や飯を食べようと準備をしていたところだった。

蔦を中に招き入れつつ慌てて片付けた。

「朝早くに伺って、驚かせてしまったでしょうか。すみません。春一がそうしろというものでで……」

春一という名がさすがに煩《うるさ》い。

「どなたに縁切り状をお書きしましょう？」

きっと縁切りの相手は、蔦が前に情を交わしていた男か、はたまた女房の裏切りを知らない亭主に違いない。

普段は、縁切り状の文面を糸が決めたり口出しをすることはない。

だが、蔦本人が、こちらから訊いてもいないのに惚れ合った春一という男の話をしてきたのだ。明らかな嘘偽りを書いてくれるようにと頼まれたら、それはできないと断ろうと心に決めた。

「縁切りの相手は市駒《いちこま》です。深川界隈《かいわい》の粋人の間ではそこそこ名の知れた人ですが、ご存じありませんか？」

芸者の名の響きだ。

「すみません、私は華やかなところのお話にはあまり詳しくなくて……」

「市駒はお江戸一の三味線の名手です。どんな難しい曲も一度で覚え、艶めいた調べから芸当みたいな速弾きまで、三味線を弾くために生まれてきたような女だと称されて、お金持ちのお座敷には必ず呼ばれるという芸妓《げいぎ》です」

「三味線の名手ですか。そんな人がいるんですね」

「市駒は見た目の美しさだけではなく、それを遥《はる》かに凌《しの》ぐ芸事の才に溢れた女です。市駒に憧れる者は男も女も数知れません。たったひとりで深川界隈の辰巳《たつみ》芸者をみんな束ねて、多くの弟子を取ってもいる、商売の才もある女なんです」

「なんとも素敵なお話ですね。格好いいです」

「ええ、皆が市駒をそういいます。市駒ほど格好いい女はいない、と」

蔦が自嘲気味に笑った。

「その市駒さんへ、縁切り状を出されたいんですね」

糸は静かに訊いた。

蔦の話を聞いているだけで、市駒という女が眩《まばゆ》いばかりの光を放つ華やかな場で暮らしているとわかる。

〝惚れ合った男〟の春一はどうやら相当嫉妬深い様子なので、己の女が、そんな派手な生き方に憧れられてはたまらないとでもいうのだろう。

相手が男ではなく女だと知って、糸はほっと胸を撫でおろした。

不義密通の手助けをする羽目にはならずに済みそうだ。

「はい、文面を言ってもよろしいでしょうか？」

「ええ、どうぞ」

糸は筆を持って頷いた。

「市駒へ」

さらさらと筆を運ぶ。

「私はどうしても子が欲しい。私の血を分けた子を産みたいの。幸せな家族が欲しいの」

目玉を見開いた。

思わず顔を上げた。

「事情は最後にお話ししますね。墨の色が変わってはみっともないので」

蔦が小さく笑った。

「は、はい。そうですね。そのとおりです。先をどうぞ」

糸は激しく拍を刻む胸を押さえて頷いた。

「あんたといては、それはどうしたって無理よ。だからごめんなさい。あんたのことは今でも大好き。でも私は子を諦められないわ。さようなら。今までありがとう。蔦より」

「ずいぶんと心安い文面になりましたが、よろしいでしょうか？」

糸は頭が真っ白になりながらも一気に書き上げた。

「三行半《みくだりはん》の、いかめしい文面を使ったほうがよかったでしょうか？」

「いえ、三行半というのは……」

男女の夫婦の仲を終わりにするときの、決まりの文面だ。

「そうですね、三行半はおかしいと思います。でも、私たちほんとうに夫婦だったんですよ」

蔦が困ったような表情を浮かべた。

「市駒さん、というのは女の方ですよね？　そしてお蔦さんも」

勘違いではないとわかりながらも、糸はもう一度だけ確かめた。

花街を中心に男色の噂《うわさ》はいくらでも聞く。それが女同士になっただけだ、と己の胸に言い聞かせた。

「ええ、そうです。私たちは女同士で添い遂げようと誓った夫婦でした。けどね、春一に出会って目が覚めました。やっぱり女というのは、男を好きになって子を持つのが幸せなんだとわかったんです」

「男を好きになって、子を持つのが幸せ……」

糸が呆然として繰り返すと、蔦は不思議そうな顔をした。

「縁切り屋さんには、道を踏み外さずに済んでよかったねと、喜んでいただけると思っていました」

「い、いいえ。私には、お蔦さんにとってどの道が正しいかなんて決してわかりません」

ただ、この拙い縁切り状の言うことは筋は通っている、とも思う。

女同士では逆立ちしても子はできない。

蔦にとって子が欲しいという願いが何より大事なら、今でも市駒を想っていたとしても、添い遂げる相手は男以外にはない。

――私はどうしても子が欲しい。

己が書いた文字を見つめて、糸は小さくため息をついた。

3

「お世話になりました。これでようやく、春一を安心させることができます」

蔦が足取り軽く去っていったのと入れ違いに、糸の部屋の戸口で声を掛けた女がいた。

「こんにちは」

忘れるはずがない声だ。

蔦を見送ってようやく遅い朝餉にありつけると思っていた糸は、ぎくりと動きを止めた。

美和だ。美和がまたやってきたのだ。

「は、はい」

応じる声は、か細くて震えていた。

少しも腰に力が入らない心持ちで嫌々土間に下りようとして、ふと奈々が、そして銀太がこちらをまっすぐに見る目が浮かんだ。

――これでは駄目だ。

「……今、取り込み中です。少しお待ちくださいな」

言い直して、たっぷりの冷や飯を勢いよく掻《か》き込んだ。

茶碗《ちゃわん》一杯の冷や飯を一気に平らげてから、大きく息を吐く。

よしっ、と胸の中で呟く。

「お待たせしてすみません。何の御用でしょうか」

遅い朝餉がしっかり腹に落ちたおかげで、いつもよりも力強い声が出た。

「先日は、とんだご迷惑をお掛けしました」

美和が頭を下げた。

「そう思ってくださるなら、どうぞ私のことは放っておいてくださいな」

冷たくなりすぎないようにと案じながらも首を横に振った。

「これが最後です。今日のうちに私と熊助は保土ヶ谷へ戻ります。もう旅の支度も終わっていますので、最後にお糸さんへ挨拶に伺っただけです」

また話がややこしくなってくる。

もしや美和は熊蔵の気を引くためにそんなことを言いだすのか、なんて思いそうになる意地悪な己に驚く。

「熊蔵さんはどう言っているんですか？」

「あの人と、きちんと話し合って決めたことです」

「熊蔵さんが、まさかそんな」

熊蔵が己の子を追い払うような真似をするなんて、俄《にわ》かには信じられなかった。

「私、あの人にちゃんと私の腹の内を打ち明けたんですよ」

「腹の内、ですか？」

不穏な言い方に、怪訝な気持ちで訊き返した。

「ええ、実のところは金が目当てだったんだよ、ってね。あの男はどうもぼんやりしていていつまでも察しちゃくれないから、私が何とも品のないことを言う羽目になりましたよ」

美和が不敵な笑みを浮かべた。

「お金が目当てですって？　まさか。いったい何がどうしたら、そんな話になるんですか？」

糸は仰天して目を瞠った。

以前この部屋を訪れたときの美和からは、ほんの少しだってそんな企《たくら》みを窺《うかが》うことはできなかった。

「惚れ合ったお糸さんと所帯を持ったって、どうせあんたは一生、熊助のことを気にして生きる羽目になるだろう？　ならばその罪滅ぼしに、これからずっと熊助に金を送ってやっておくれよ、って言ったんですよ。幸いなことに、どうやらお糸さんにも、なかなか稼ぎがあるみたいだしねえ」

美和が卑しい目で糸をじろじろと眺めた。

「お美和さん……」

「これはお互いにとって、とてもいい話でしょう？　お糸さんと熊蔵は、金を送れば気が晴れる。私と熊助も、いい暮らしができて大満足ですよ」

「お美和さん、馬鹿馬鹿しいお芝居はやめてください」

糸はきっぱりと言い切った。

美和を真正面からじっと見つめた。

「私はお美和さんとは赤の他人です。だからこそ見えることもあります。かつて情を交わしたことのある熊蔵さんとは違って、そんな空々しい嘘には騙されませんよ」

意を決して強い言葉を放った。

美和は驚いた顔で黙り込む。

「お美和さんが、己のせいで私と熊蔵さんの仲を裂くようなことになってしまっては、と案じていただいているのはよくわかります。どうにかしてうまく事を運ぶことができないかと、あれこれ考えたり奔走したりしていただいているのもわかります。ですが、これは私の人生です。誰が関わっていようとも、誰のせいであろうとも、結局は私の人生は私が決めます。わかっていただけますか？」

己の言葉に驚いていた。

「ただそのために、いくつか訊かせてください。どうか、ほんとうのことを答えてください」

糸は身を乗り出した。

美和が気圧《けお》されたようにこくりと頷いた。

「では、お美和さんは、熊蔵さんと別れてから腹に子がいたとわかった、というのはほんとうですか？　そのときお美和さんが熊蔵さんを振って、他の男の人に乗り換えようとした、というのもほんとうですか？」

「最初の質問は、ほんとうです。ですが次のは違います」

胸が冷えた。

「先に振られたのは私です。幾度もやり直したいと追い縋《すが》りましたが、愛想をつかされて捨てられたのは私のほうです。だから、別れた後に熊助が腹にいるとわかったときはより愛《いと》おしくて……」

糸と美和は顔を見合わせた。

しばらく黙って見つめ合う。

「そういうことでしたか。それでようやく納得できました。けれど、熊蔵さんが私にそのまま話すわけにはいかなかったのも、よくわかります」

糸にとって胸が痛む事実には変わりない。

だがその何倍も、ほんとうのことがわかってよかったとほっとした。

「きっと、お糸さんに心配を掛けたくなかったんでしょうね。私が今も熊蔵を深く想っているかもしれないなんて、憂慮させたくなかったんです」

「お美和さんは、今も熊蔵さんのことを想っていらっしゃいますか？」

いちばん訊きたかったことがすんなり訊けた。

「まさか！　何年前のことだと思っていますか！　熊助が生まれてからは、あの子を育てるだけで精一杯で、男への想いなんて面倒くさいもんは完全に消え失《う》せましたよ」

美和が目を剝《む》いてみせてから、ふいに真面目な顔をする。

「けれど、熊助に父親がいればと思ったことがないといえば嘘になります。この子を大事に可愛がってくれる人が周りにひとりでも多くいればと願ってしまうのが、親心です」

美和は睨むように強い目で糸を見た。

「お美和さん、正直に打ち明けてくださってありがとうございます」

糸は深々と頭を下げた。

朝ごはんをしっかり食べることって大事ね。

そんな己の呑気《のんき》な声が腹の中で聞こえた。

4

次の朝いちばんに、糸の部屋を訪れたのは銀太だった。

「おはようございます。実はお糸さんに急な用があります」

土間で朝餉の支度をしていた糸に、銀太は言った。切迫した表情で薬箱を手にしている。

「いったいどうされましたか？」

「深川の芸妓の市駒が倒れたんです。昨夜、市駒のところに文が届いたようです。それを見てからみるみるうちに青ざめて、あっという間に虫の息と聞きました。お糸さん、心当たりはありますか？」

「……昨日、市駒さんに宛てた縁切り状を書きました」

「やはりそうでしたか。市駒の病が気鬱から来るものなのか、それとも急な身体の病であるのか。それだけはどうしても確かめておきたかったんです」

市駒に誰がどんな縁切り状を書いたのか。

治療に関係のないことは敢《あ》えて聞き出そうとしてこない銀太に、好感を持った。

「市駒さんの具合はずいぶん悪いのでしょうか？」

蔦と市駒の、女同士の夫婦の縁切り。

相手を責めたり傷つけたりするような言葉があるわけではなかった。むしろ己の気持ちをいたって素直に綴《つづ》った縁切り状だと感じていた。

だが蔦から聞いた、市駒という芸妓の颯爽《さっそう》とした印象と、別れの文を目にしただけで倒れて虫の息となってしまうようなか弱い姿は、どうにも頭の中で重なり合わなかった。

「ええ、すぐに来て欲しいと、弟子たちが私のところへ飛んできたくらいですからね。ですが気鬱が原因ならば、私ができることは少ないかもしれません。生きる気を失《な》くしてしまった身体を薬で治すのは、とても難しいことです」

銀太が難しい顔をした。

「私、銀太先生と一緒に、市駒さんのところへ行ってもいいですか？」

「えっ？」

「私は市駒さんの事情を知っています。もしかすると、市駒さんが生きる気を取り戻す力になれるかもしれません。そうなりたいんです」

人の間の面倒ごとは苦手だ。

愛憎が絡み合う関係とは、できる限り関わらずに暮らしたい。

これまでずっと、そんなふうに思っていたはずなのに。

「助かります」

銀太が答えた。

「では、すぐに一緒に参りましょう」

掌が差し出された。

息を呑む。

ぼんやりと熱に浮かされたように、小刻みに震える左手を差し出す。

「えっ？」

銀太が首を捻ってから、ぷっと笑った。

「その手に握ったものを受け取ろうとしただけですよ。危ないので」

右手に菜切り包丁を握ったまま話していたのだ。

「やだっ！」

糸は慌てて菜切り包丁を置いた。

頬が真っ赤に火照っていた。

「私の言葉が足りませんでした。申し訳ありません。いきなりお糸さんの腕を引いて引っ張って行こうなんて、いったいどれほどの速さで駆けていくつもりかと思われましたよね。どうぞお許しください」

銀太は糸の動揺を少しも茶化すことなく、真面目な顔で頭を下げた。

5

市駒の家は、岡場所が連なるあたりから少し離れた洲崎弁天社《すさきべんてんしゃ》の近くにあった。

冬は雪景色と初日の出、暖かくなると潮干狩りができる景勝地である洲崎十万坪《じゅうまんつぼ》を臨む、さほど大きくはないが明暦《めいれき》の大火後に建てられたと見える真新しく手入れの行き届いたところだった。

「市駒さん、医者の銀太と申します。お具合はいかがですか？」

中は市駒の暮らしの場と、三味線の稽古に弟子を入れているであろう何もない部屋との二間があった。

どちらの部屋も一面桜色だった。

小物から衣紋掛《えもんか》けの着物、横たわる市駒の掻巻、障子の破れに貼ってある紙まで、この部屋のものはほとんどが桜色なのだ。

人によっては、一切男の気配がない部屋と言い表すのかもしれない。

だが女である糸にとっては優しい桜色に囲まれた、とても心地の好い部屋だった。

「医者だって？　誰がそんな余計なことをしたんだい？」

市駒が銀太に鋭い目を向けて身体を起こした。

顔立ちの整った美しい女だった。頬はひどく痩せていたが、切れ長の目には力がある。

堅苦しく背筋をしゃんと伸ばしているわけではないのに、所作が息を呑むほど美しい。

一芸に秀でた者らしい自負が感じられた。

「それは言えません。その方は、市駒さんに余計なことをするなとひどく叱られますから、私のことは内緒にしていてください、と仰《おつしや》っていましたからね」

銀太が静かな口調で応じた。

「その言い草は小梅《こうめ》かね。それか富菊《とみぎく》だ。まったくあの娘たち、余計なことを……」

「どなたがいらしたのかはお答えできません。ですが、市駒さんのことを心から案じていらっしゃいましたよ」

「嘲笑《あざわら》っていた、の間違いじゃないのかい？　辰巳の市駒ともあろう者が、惚れた女に振られたぐらいでなんてざまだ、ってね」

市駒は蔦とのことを隠すつもりは毛頭ないようだ。

「恋煩いというものは、老若男女、古今東西、厄介なものです」

銀太も、市駒の恋煩いの相手が同じ女だと聞いても顔色一つ変えない。

「身体を診《み》させていただいてよろしいでしょうか」

「構わないよ。身体だけ治ってもどうにもならないけれどね」

市駒がふいに涙ぐんだ。

「その人は、先生の助手かい？」

糸の目を気にして涙を拭う。

「いいえ、このお糸さんは、市駒さんに縁切り状を書いた方です」

市駒が息を吞んだ。

糸の顔をまじまじと見つめる。

「あんた、ここに黒子があるね。お蔦と一緒だ」

己の目尻を指さした。

「ええ、そうです。この黒子のせいで、ご近所の婆《ばあ》さまに他人の空似なんて驚かれてしまいました」

糸は頷いた。

「私も前は、お蔦と同じところに黒子を描いていたんだよ。目尻の黒子ってのは、何とも艶っぽいからねえ。お蔦と別れてから、辛いことを思い出したくなくて描くのを止《や》めたけれどね」

「艶っぽい、でしょうか？　そんなことを考えたこともありませんでした」

糸は思わず己の目尻を押さえた。

「ああ、とんでもなく艶っぽいさ。あんたに惚れる奴は多そうだ」

市駒は冗談なのか本気なのかわからない様子で笑った。

「それで、あんたが縁切り状を書いたとき、お蔦はどんな様子だった？」

わざとどうでもよさそうに訊く。

「どうせ春一って男のことばかり話していただろう？　春一がこうしろというのでこうしました。春一がよろしくと言っていました、なんて調子でさ。どうだい？　合っているだろう？」

「……春一さんという人のお名前は聞きました」

糸は居心悪い心持ちで頷いた。

「十日前にこの家を出て行ったときもそうさ。苛々するだろう？　春一、春一、って、あんたには己ってもんがないのかい、って思うだろう？」

市駒が唇を尖らせた。

「けど、お蔦をあんなふうにしちまったのは、私かもしれない」

寂しそうに言う。

「私には芸がある。それに金もあるしたくさんの弟子もいる。そのせいで、一緒に暮らしていた間、私はお蔦のことをひとりじゃ何もできないように扱っちまったんだ。お蔦は誰よりも賢くて、笑顔の綺麗な良い娘だったのにね。もっとお蔦を大事にすればよかった。もっとお蔦のことを認めてやればよかった。悔やんでも悔やみきれないね。これは私の不徳の致すところさ」

おやっと思った。

市駒は、ずいぶんと物事を冷めた目で見ることができている。

惚れた相手に振られて寝込んでいる者の言葉とはまるで思えなかった。

「舌を出してください」

「はいよ」

銀太の言葉に、市駒はおどけた様子で舌を出した。

「それでは今度は目を診せてください」

あっかんべえの顔になる。

「あのさ、銀太先生、それに縁切り屋さん。勘違いしないでおくれ。私はお蔦に戻ってきて欲しいなんて思っちゃいないんだよ。艶っぽい仲ってのは、次の相手ができちまったらもう駄目さ。金輪際何があっても戻ることはないよ。この私が、そのくらいわからないはずがないだろう？」

「日にち薬ともいいますからね。少しずつ気晴らしをしながら先に進みましょう」

銀太が薬を調合しながら相槌を打つ。

「ああ、そうだよ。もちろんそうするつもりさ。それなのにさ、どうしても忘れられないんだよ。惚れた腫れたなんて笑っちまうくらいつまんないことだって、心の底からわかっているのにさ」

市駒の目に涙が浮かぶ。

「銀太先生、忘れる薬はないのかい？　お蔦とのことをきれいさっぱり忘れちまえる薬はないかい？」

「もしもそんな薬があるならば、私が真っ先に飲んでいます」

銀太が眉を八の字に下げて笑った。

「銀太先生も苦労したね」

市駒がぽつんと呟いた。

「あの、市駒さん」

糸は意を決して声を掛けた。

「市駒さんは、どうしたらお蔦さんのことを忘れられると思いますか？　お蔦さんに戻ってきて欲しいのではなくて、お蔦さんのことを忘れて先に進みたいというお気持ち、私にもとてもよくわかるんです」

「どうしたら忘れられるって？　そりゃ、決まっているさ」

市駒が糸に向きあった。

「お蔦の真心が知りたいのさ。こんな薄っぺらい、取って付けたようなつまらない言葉じゃなくてね」

市駒が胸元から糸が書いた縁切り状を取り出した。

一度は握り潰してしまったのだろう、縁切り状は皺くちゃになっていた。

6

糸は己の部屋で背筋を伸ばして座り、暗闇を見つめた。

「さあ、出てきてくださいな。心構えはじゅうぶんできています」

いよいよ夏が始まる暑い夜だ。表の草むらから蛙《かえる》の鳴き声が聞こえてきた。

――市駒さん、どうぞ私にお任せください。

いったいどうして、あんな大それたことを言ったのだろう。

市駒を助けたかった？　市駒の身体を治そうとしている銀太の力になりたかった？

いや、それだけではない。

相手の真心が知りたい、という市駒の言葉にたまらなく心が動いた。

これまで共に過ごしたときを良い思い出に変えるために、相手の最後の言葉に真心を見出《みいだ》したい。

そんな切実な市駒の想いが胸に迫った。

市駒と顔を合わせたそのとき、己が恥ずかしくなった。

私は女同士の縁切りと聞いただけで、まるで己とは違った道を進む者たちのことのように思っていた。だから蔦の言うままに、何の引っ掛かりも感じずに拙い縁切りの言葉を綴ってしまった。

けれど私が書いたあの縁切り状は、市駒のことをひどく傷つけてしまった。

あの憔悴しきった市駒の姿を見てもなお、なぜ彼女があそこまで傷ついたのか、未《いま》だに腹には落ちていない己が情けなかった。

闇を見回す。

今のところまだ何も現れてはくれないようだ。

あんなに幼い頃の私を苦しめたものが、こちらが待ち構えているときに限って出てきてくれないいなんて。

糸は寂しく口元を緩めた。

幼い頃から暗闇に何かが見えた。それを私は〝あれ〟と呼んで、怯《おび》えて泣き叫んだ。

そんな〝あれ〟が形を変えたのは、大火で焼け出された後にこの長屋で暮らし、縁切り屋稼業を始めてからだ。

縁切り状を書いた、そして縁切り状を突き付けられた相手の心に残ったものが見えるようになった。

「市駒さんとお蔦さんの胸の内にあるものは何ですか？　どうか、私にそれを見せてください」

もしかしたら。もしかしたら、万が一にでも、私のこの力を銀太の医術のように人の幸せのために自在に使えるような日が来るのだろうか。

仲直りをすることができた大和屋の姉弟の顔が胸を過《よぎ》った。

ぽろりと涙を零す市駒の姿。

もしそうすることができるならば――。

暗闇がざわめいた。

糸は密かに息を呑んでから、まっすぐそちらに顔を向けた。

「ひっ」

思わず声が出た。

暗闇で見開いた二つの濡《ぬ》れた眼《め》がこちらをじっと見つめていた。

「だ、誰なの？」

暗闇で糸をじっと見つめてきた〝あれ〟とは、ほんとうにいたのか。

「教えて。どうして私のことを見ているの？　そんな目で……」

襲われるかもしれないという恐怖は感じなかった。

怒りに我を忘れるようにぎらつきながらも、救いを求めるように儚《はかな》げな目だった。

取り返しのつかない傷を負ってしまいただ死を待つだけの獣を思わせる、怯えた目だった。

「あなたの姿を見せて。お願いよ」

暗闇に一歩近づきかけたその時、足元のものに躓《つまず》いた。

「えっ？」

脇差だ。武士が腰に付ける刀の半分くらいの長さで、町人たちも護身用に持ち歩くことを許されている小刀だ。

手に取った。

恐る恐る鞘《さや》から抜く。短刀が鈍い光を放った。

護身用とはいえ、人を殺すためだけに工夫して作られた刃物だ。

背筋が冷たくなって、慌てて元に戻した。

柄《つか》の彫り物に気付く。

「桜……」

脇差の柄には桜吹雪が舞う姿が彫られていた。

「これが、市駒さんとお蔦さんの心に残っているの？」

暗闇から見つめる目の主に優しく訊いた。

もうそこには誰もいない。糸の手の中の脇差も消えていた。

7

小石川《こいしかわ》から湯島天神《てんじん》へ向かう坂を下ると、湯島天神の裏門近く切通坂下の裏長屋に辿り着いた。

賑やかな湯島天神のすぐ近くにありながら、まるで天神さまの放つ光のせいでより一層陰を帯びてしまったような薄暗い一角だ。

「ここにお蔦さんが……？」

糸は怪訝な心持ちで長屋を見回した。

心地よい市駒の家とは雲泥の差だ。

通りすがりの女に訊くと、春一の部屋は長屋のいちばん奥だという。

「最近また、違う女ができたみたいだね。けどいつまで続くことやら。おやっ？　あんた……」

女の顔が引きつった。

「驚いた。肝が潰れるかと思ったよ。けど、そんなはずはないよね」

「何のことですか？」

「いやね、あんたがその、春一と一緒に暮らしている新しい女、その人に見えちまったんだよ。少し考えたら、己の部屋を近所で訊いて回るはずがない、ってわかるんだけれどね」

「この黒子のせいですか？」

糸が目尻の小さな黒子を指さすと、女は、

「そうそう、それだよ！　だから間違えちまったんだね。ああ、すっきりした」

と掌をぽんと叩いた。

礼を言って春一の部屋の前に行く。

日は高くなっていたが、戸は閉ざされていた。

「こんにちは、こちらにお蔦さんはいらっしゃいますか？」

声を掛けると、部屋の中が張り詰める雰囲気を感じた。

しばらく待つと、戸が開いて蔦が髪を撫でつけながら困惑した顔で現れた。

着物の襟が乱れている。

きっと部屋の中には春一がいるに違いない。

「まあ、お糸さんですか？　いったい何の用でしょう？　お支払いしたお代に間違えでもありましたか？」

背後をちらちらと窺いながら硬い声で言う。

糸は覚えずして蔦の目尻の黒子を見つめた。糸の顔にあるものよりもはっきりと濃い目立つ黒子だ。

頬を上気させて拗ねたように眉を顰《ひそ》めている蔦の目元の黒子は、そういう目で見れば確かに艶めいていた。まるで偽物の涙を描いているようで、どんな鋭い目をしてもどこか困ったような頼りない雰囲気に見えた。

「少しよろしいでしょうか？」

糸が訊くと、蔦は何かを察したように、

「やっぱりお代のことですね？　私も部屋に戻ってから、もしかして渡し間違えてしまったんじゃないか、って気になっていたんですよ。どうもすみません。確かめさせてくださいな」

と背後に聞かせるように言って戸口を閉めた。

「市駒さんが倒れました。縁切り状を受け取ってすぐのことです。お医者の先生の話では、どうやらほとんど飲まず喰わずで暮らしていたところで心労が祟《たた》ったのでしょう。今では虫の息です」

「市駒が？　まさかそんな、あの人に限って……」

蔦の顔が歪んだ。

「大事なことなので最初に申し上げますが、市駒さんはお蔦さんとよりを戻したいとは思ってはいません。だから私は、お蔦さんに市駒さんのところに戻って欲しいなんて頼みにきたわけじゃないんです」

糸はきっぱりと言った。

「市駒はどうなるんですか？　私、私のせいで市駒が死んだなんて、そんなの耐え切れません。困ります。もしもどうしても市駒のところに戻らなくちゃいけない、っていうならそう言ってください。私、市駒の命が関わっているというならば……」

蔦が怯えた泣き顔を浮かべた。

まだ涙は出ていない。だが偽物の黒い涙が頬にあるかのようだ。

「市駒さんに何があろうとも、それはお蔦さんのせいではありません。そんな話ではないんです」

思いの外、蔦の頼りなさに苛立っている己に気付く。

「市駒さんは、お蔦さんを忘れたいとおっしゃっています。お蔦さんのことを忘れて新しい道を歩みたいと望まれています。けれど、それにはお蔦さんの真心を知りたいと」

蔦の顔色が変わった。

「どういうことですか？」

「市駒さんは、私が書いたあの縁切り状の言葉はお蔦さんの真心ではないと感じられているんです」

——私はどうしても子が欲しい。私の血を分けた子を産みたいの。幸せな家族が欲しいの。

縁切り状に書いた内容が、蔦の胸を過ったとわかった。

「あれは私のほんとうの気持ちです。だって、心から子が欲しいと思ったんですもの。まっとうな所帯を持ちたいと思ったんですもの。お糸さんだって、ほんとうはそうですよね？　市駒と違って芸も金もない私たちのような女は、せめてまっとうに所帯を持ち子を持ち生きたいと思っていますよね？」

「……まっとうとは、そういうことではないような気がします」

糸は眉を顰めた。

――あんたといては、それはどうしたって無理よ。だからごめんなさい。私は子を諦められないわ。さようなら。今までありがとう。

改めて蔦と向き合うと、あの縁切り状の言葉がどれほど非情なものだったかがわかる。

市駒との縁を終わりにするだけではなく、市駒のその後の生き方さえも否定する、途方もなく意地の悪い言葉だ。

市駒の立場では、ならば仕方ない、と応えるしかないとわかっている傲慢な言葉だ。

「私は子を欲しいと思ったことはありません」

糸は蔦の目を覗き込んだ。

蔦が怯《ひる》んだ。

「お糸さんも、市駒と同じように女を想う人なんですか？」

いいえ、と糸は首を横に振った。

「きっと私は、まだ誰かを心から想ったことがないのです。それに己のことも好きになれないままです。こんな私には、我が子との縁を結ぶことなぞ到底できるはずがありません」

蔦がぐっと黙った。

急に戸が開いた。

「いつまでだらだら喋《しゃべ》っていやがるんだ？　金の揉め事か？」

怒鳴り声が響く。

顔立ちだけは並みより上くらいに整っていたが、だらしない雰囲気のせいでそれが台無しになった男だ。

唸《うな》るような咳《せき》ばらいをすると、上半身裸のままで近づいてくる。

「春一、いいの。話はもう終わったわ。部屋にいてちょうだいな」

蔦が宥めるように言った。

「その女……!?」

春一の顔色が変わった。

「お蔦と同じところの目尻の黒子、ってお前があの市駒か!?」

「ち、違います！」

とんでもない勘違いをされたようだ。

「お前、まだお蔦の周りをうろちょろしていやがったんだな！」

春一の剣幕に、糸は慌てて駆け出した。

が、すぐに腕を掴まれてしまう。

「せっかく俺がお蔦をまっとうに戻してやろうとしたところを、しつこくたぶらかしに来やがって！　この屑が！」

「春一、やめて、やめて、お願いよ。話を聞いて」

蔦の頼りない泣き声が聞こえた。

――助けて。お願い。誰か、助けて！

助けを呼ばなくてはいけないのに、恐怖で身体が固まってしまって声が出ない。

「やめてって言っているでしょう！」

甲高い悲鳴が響き渡った。

春一の動きが止まった。

糸が顔を上げると、蔦が脇差を抜いて刃先を春一に向けていた。

「お蔦、お前……」

「その人は市駒じゃないわ。お糸さん、って縁切り状を書いてくれた人よ」

「へえっ？　それじゃ人違いってわけかよ！　なんだよ、俺はてっきり……」

春一が糸の腕をあっさり離した。

「謝りなさい」

刃先が動いた。

「お前が俺に隠れてこそこそしやがって、紛らわしいことをするから、いけねえんだろう？」

「謝りなさい。刺すわよ」

蔦が低い声で言うと、春一はぐっと黙ってから、糸に向かって「すまなかったね」と仏頂面で言った。

「部屋から私の荷物を持ってきて。あんたとはおしまいよ。さあ、すぐに、早く！」

「わ、わかった、わかったから。物騒なもんを振り回すんじゃねえよ！」

春一が舌打ちをした。

「せっかく俺が助けてやろうとしたのに残念だったな、お前はこれで一生、まっとうな暮らしの喜びも知らずに、皆に笑われながら婆《ばば》ぁ二人で偏屈に生きるといいさ」

「あんたが相手なら、子なんていらないわ。私、目が覚めたの」

蔦が脇差を構えたまま、鼻で笑った。

「お糸さん、これから私、市駒のところへ行きます。市駒のことを助けなくちゃ」

「その脇差……」

蔦が握った脇差の柄には桜吹雪が彫られていた。

8

「市駒、あのね」

蔦の声に滲んだ甘えるような響きに、この二人はやはりただの友達とは違うのだと改めて感じた。

「ちょっといったいどうしたの？　その痩せ方。また食べるのを忘れたのね。市駒、あんたってどうしていつもそうなのよ」

蔦は慣れた様子で市駒の部屋に上がると、横になった市駒の枕元に座った。怒った顔だ。

市駒はといえば、面倒くさそうに顔を背けて狸寝入《たぬきねい》りだ。時折、ちらりと蔦を窺ってては慌てて目を閉じる。

銀太と糸が訪れたときには決して見せなかった、茶目っ気のある仕草に驚いた。

「ねえ、起きているんでしょう？　大事な話があるのよ。聞いてちょうだいな」

蔦が市駒を乱暴に揺すった。

「話なんて聞きたかないね。具合が悪いんだ。寝かせておくれ」

市駒が唸る。

「駄目、起きなさい！」

蔦が厳しい声を出すと、市駒が耳を塞ぎながらしかめっ面で起き上がった。

「はい、起きたよ。それで、何か用かい？」

不貞腐《ふてくさ》れた顔を浮かべた。

「市駒、あのね。私、あんな失礼な縁切り状を送り付けてごめんなさい」

蔦が頭を下げた。

「失礼でもないさ。どこかの馬の骨とどうぞお幸せにね」

市駒が鼻で笑った。

「お糸さんから、あなたが私の真心を知りたいと言っていたと聞いたの。だから、きちんと打ち明けたくて。あの言葉は春一が考えたものよ。こういえば市駒は別れるほかない、この文面ならば市駒を傷つけずに別れられる、って言われてそのとおりにしたの」

市駒が盛大に舌打ちをした。

「お糸さん、野暮なことをしてくれたね。これじゃただの余計なお節介だよ。あんたには不思議な力があるんじゃなかったのかい？」

「不思議な力？」

蔦が怪訝そうな顔をした。

「ええ、私には縁切り状を書いたお二人の心に残ったものが見えます」

糸は市駒に、蔦に目を向けた。

「それがほんとうなら、何が見えたんだい？」

「脇差が見えました。柄に桜吹雪の彫られた脇差です」

「脇差？　それって……」

蔦が目を泳がせた。

「はい、お蔦さんが私を春一さんから救ってくださった、あの脇差です」

蔦がはっと己の胸に掌を当てた。

「桜の脇差だって？　あんた、まさかあれを抜いたのかい？」

市駒の顔色が変わった。

「私が市駒さんと間違えられて春一さんに襲われそうになったとき、お蔦さんが桜の脇差を向けて、助けてくださったんです」

「お蔦がそんな大立ち回りを？」

市駒が目を丸くした。

「桜の脇差は、元は私の物さ。女所帯は不用心だからね。何かあったときのお守り代わりに持っておいで、って。けど、あの気弱なお蔦がそんなことできるはずがないって……」

「市駒、あのね」

蔦が市駒に向き合った。

「ごめんなさい、私、あんたのことが大嫌いよ！」

市駒が目を見開いた。

蔦が顔を真っ赤にして強い声を出す。

「あんたが己の評判をいいことに私のことを気弱な木偶《でく》の坊《ぼう》みたいに扱っていたの、いつもとても傷ついていたわ。『あんたにはわかんないかもしれないけれどね』ってあの口癖、今でもはらわたが煮えくりかえりそうよ。それに浮気だって知っているのよ。一年半前に、三味線教室に足しげく通ってきて、いきなり来なくなったあの娘との仲。私が知らないとでも思った？」

蔦の目に悔し涙が浮かぶ。

「市駒、あんたは最低よ。傲慢で意地が悪くて浮気者で。私はあんたのお人形なんかじゃないわ。もう大嫌い。別れましょう！」

蔦と市駒が見つめ合った。

しばらく黙る。

「ああ、わかったよ。それが聞きたかったんだ」

市駒がふっと笑った。

「あんたのことが好きだったよ。でもちっとも大事にしてやれなくて、すまなかったね」

安らかな顔をする。

「よほどその性根を入れ替えないと、次に好きになった人とだって同じことの繰り返しよ」

蔦は涙が滲んだ目で市駒を睨む。

「春一って奴はどうしようもない男だったけれど、口だけは上手《うま》かったわ。私のことをおだて上げて、いい気分にさせてくれるの。市駒もそのあたりだけは見習ったほうがいいんじゃない？」

「嫌なこった。どうしてそんな屑を見習わなくちゃいけないんだい」

市駒が拗ねた顔をした。

「あんたなんて大嫌い。でも、楽しかったわ。ありがとう」

「はい、どうも。いろいろお世話になりました」

市駒が笑った。

「ちょっと、茶化さないでちょうだいよ」

「茶化してなんかいないよ。大真面目だ」

「そうは見えないわよ」

「あんたにはわかんないかもしれないけれどね、人ってもんは」

「嫌っ！　その口癖、大嫌いだって言ったでしょう！　どうしてまだ言うのよ。もう最低よ。私、帰る」

蔦が勢いよく立ち上がった。

「ああ、帰れ、帰れ、二度と来るな」

市駒が手で払う真似をした。

地団駄踏むように出ていこうとしていた蔦が、ふいに戸のところで足を止めた。

「桜の脇差、返していきましょうか？　きっと目玉が飛び出るくらい高価なものだったんでしょう？」

しばし静まり返った。

「いや、いいよ。あれはあんたにあげるよ。あんたのものだ。これから先、男でも女でもあんたに生意気なことを言ってくる相手には、あれをぶっ刺してやんな」

背を向けたままの蔦が目元の涙を拭った。

「生意気なことを言ってくる、なんてその程度で脇差を振り回したりなんてするはずないでしょう。市駒、あんたってほんとうに変な奴ね」

「そうだよ、これが私さ」

市駒が得意げに胸を張った。

「ありがとう。脇差、大事にするわ」

蔦は涙声で言って、そのまま振り返らずに表へ出た。

9

長屋への帰り道、あと一つ角を曲がれば木戸に辿り着くというところに銀太が立っていた。

糸の姿を見つけて手を振った。

「市駒のところへ行かれたんですか？」

「ええ。お蔦さんと一緒に市駒さんと話をしてきました。銀太先生の薬をきちんと飲めば、これからはきっと良くなるはずです」

そうであって欲しい。

自《おの》ずと頬が緩むのは、別れた二人に幸あって欲しいと願うからだ。

「よかった。気鬱から来る病は、医者にできることは限られています。市駒に生きる気が戻ってくれたならば、すぐに身体も治るでしょう」

「ええ、市駒さんなら平気です。それにお蔦さんも」

二人で微笑み合った。

銀太がふいに咳ばらいをした。

「実は今日は、お糸さんに別の用事もあるんです。こちらは大きな覚悟が要る話です。お糸さんと話すかどうか、幾度も迷いました」

銀太が唇を結んだ。

「何のことでしょう？」

声が掠《かす》れた。

「もちろん熊蔵のことです。昨日、熊蔵から、お美和と熊助は保土ヶ谷に帰ったと打ち明けられました。お美和は金が目当てだったんだ、そんな悪い女じゃないと思っていたけれどなあ、なんて、どこかほっとしたような顔をして言うんです。そして、このことをどうやってお糸さんに納得してもらえるか一緒に考えてくれ、と頼まれました」

「そんな……」

美和と熊助はほんとうに帰ってしまったのか。美和はもう心を決めていたのだ。

「すぐに保土ヶ谷に二人を追いかけるようにと言いました。腹が立ちました」

銀太が唸るように言った。

「お美和さんの胸の内を少しもわからない熊蔵に。そして、いつまでも己自身に向きあわないお糸さん、あなたにもです」

身体が冷えてくる。

「……ごめんなさい」

咄嗟に謝った。

「私に謝ることではありません」

銀太が冷たい声で言った。

「私は、熊助くんのために身を引きたいと思います。ですが、どうしたら熊蔵さんとお美和さんがその形で心底納得してくれるのかがわからないんです」

銀太に呆《あき》れられてしまっているとわかったら、泣きそうになった。

こんなことになるならば、もっと早くに熊蔵にこう伝えればよかったのだ。

「お糸さん、あなたは皆に嫌われたくないだけです」

心ノ臓が止まった。

「己が嫌われたくない、悪者にはなりたくない、というあなたの弱さが、どれだけ周りを傷つけて惑わせているかわかりますか?」

銀太が鋭い目を向けた。

「あなたはもっと真剣に人と向き合うべきです。人に嫌われることを恐れずに、己の胸の内と向き合うべきです」

「でも、私はほんとうに熊助くんが……」

銀太にどうかわかって欲しい。そう思っただけなのに、己でもぞっとするような媚《こ》びた声が出た。

「ほんとうに熊助のために己の幸せを捨てるつもりがあるなら、あなたも腹を括《くく》ってください。己がすべてを受け入れる覚悟を持ってください」

銀太が静かな声で言った。

「私は、お糸さんのような人には我慢がなりません。あなたのせいで大事な友の熊蔵が変わってしまったのだとしたら、私は一生あなたを恨みますよ」

銀太が言い切った。

恐ろしいほどの静けさだ。

「銀太先生、言いづらいことをありがとうございます」

震える声で言った。

「失礼なことを申し訳ありません。私が出る幕ではないとわかっています。ですがどうしても言わずにはいられなくて。馬鹿な大人たちに、熊助が振り回されるのを見たくないんです」

馬鹿な大人たち。

もちろん私もその一人だ。

銀太が口にしたとは信じられないほどの強い言葉に、打ちのめされていた。

「わかりました」

糸は顔を伏せた。
恥ずかしくて情けなくてそして悲しくて、その場で消え入りたくなった。

第三章　昔　の　母

1

せっかく天気に恵まれた朝なのに少しも気が晴れない。

昨日銀太に言われた言葉が、思いの外、身に応えていた。

——お糸さん、あなたは皆に嫌われたくないだけです。

糸を真正面から見て言い放った銀太の表情が、胸に浮かぶ。

——己が嫌われたくない、悪者にはなりたくない、というあなたの弱さが、どれだけ周りを傷つけて惑わせているかわかりますか？

すべてそのとおりだ。

私は銀太が言うとおり、誰にも嫌われずに生きたいだけなのだ。

誰かが嫌な顔をするなら何も欲しくない。誰かが欲しがるものならすべて手放して譲ってしまいたい。私はただ誰にも嫌われず、敵意を向けられずにひっそりと穏やかに暮らしたい。幼いころのおもちゃ遊びのときからずっと、そう思って生きてきた。

糸より強い者が相手ならば、その気弱さは相手にとっては好都合だ。いい子、優しい子、と喜んでもらえることもあった。

だがその相手が熊助のように己よりも弱い者ならば、それは銀太が言うとおり、いいように振り回して傷つけてしまうことになる。

糸はどこまでも晴れ渡った空を見上げて、ため息をついた。

「お糸ちゃん、おはようございます」

囁くような声に振り返ると、奈々が大人びた寂しげな目で笑った。

「お奈々、おはよう」

「せっかくの好いお天気だというのに、どうしてそんな悲しそうな顔をしているんですか？」

「悲しそうな顔に見えるかしら？」

「ええ、とっても悲しそうです」

奈々が糸の横に並んでこちらを見上げた。

「わかりますよ。誰かと縁を切るというのは、そう容易なことではありません。これまでの己をすべて切り捨てるのと同じような痛みを伴うものです」

「急にどうしたの？」

普段の奈々よりも一層大人びたことを言う。

「このところ奈々は、熊蔵さんとのお別れの準備をしています。初めて熊蔵さんと出会ってから、熊蔵さんがおとっつぁんの下で働き始めて、おとっつぁんが倒れたときにはとても頼りになってくれて、そしてお糸ちゃんに惚れこんで二人がぎこちなくお出かけをしたりして。その思い出の一つ一つを思い出すたびに、楽しくて面白くて胸がほわっと温かくなります。近いうちに熊蔵さんとお別れをしなくてはいけないんだな、と思うと胸が痛みます」

「……お奈々、そんなこと」

眉を下げて首を横に振った。

「いいえ、これは奈々が勝手にやっていることです。奈々は、お糸ちゃんにそんな悲しい顔をさせる熊蔵さんのことは、これまでのように好きではいられませんので」

奈々が澄ました顔をした。

駄目だ、私はこのままではいけない。新しい己へと進み出さなくては。変わらなくては。

糸が拳を握りしめたそのとき。

「おはようございます」

路地の木戸のところに、齢の頃十三、四くらいの娘の姿を見つけた。

「あ、おはようございます。この長屋に何か御用ですか？」

奈々が駆け寄った。

娘は幾分強張った顔をしていたが、糸と奈々という己とあまり変わらない年頃の二人に出会えて、ほっとしたように顔を緩めた。

「朝早くからすみません。ちょっと伺いたいことがありまして」

おそらく家が客商売をしているのだろう。姿勢が良くよく通る声だ。商売用の口元を引き締めるような笑顔が似合っていた。

「はいはい、縁切り状のお客さまですか？」

「こらっ、お奈々！」

糸は慌てて二人のところへ駆け寄る。

「縁切り状ですって？」

娘が怪訝そうな顔をした。

「すみません、この娘《こ》、妙な遊びの最中なんですよ。それで、どなたにご用ですか？」

縁切りの客がこんな朝早くにやってくることはまずない。

糸は慌てて、奈々の頭を赤ん坊のようによしよしと撫でて取り繕う。

「この長屋に、糸って名の人がいるって聞いたんですけれど。ほんとうですか？」

娘の口調に不穏な調子が潜む。

糸は息を止めた。

「お糸さんですね。この長屋にいらっしゃいますよ」

えっ、と奈々を見ると、惚《とぼ》けて目を逸らす。

「良かった。合っていたんですね。それでその糸って人、どんな気質ですか？」

娘が奈々に向かって身を乗り出した。

「気質ですか？　そうですねえ。とりあえず、訪ねてきた人をいきなり怒鳴りつけて追い返すような、気性が荒くて恐ろしい人というわけではありません」

「そうでしたか。ひとまずそれにはほっとしました。そのお糸って人、ひとり身ですか？　仕事は？」

「正真正銘のひとり身のひとり暮らしで、代書屋をされて暮らしています。猫一匹だって一緒に暮らしていませんよ」

「たしかもうじき十九になるはずだけれど……」

私がまさにその糸です、と答えなくてはいけないに決まっているのに、どんどん話を進める奈々のせいで割り込む隙がない。

「まだひとり身ってことは、そのお糸って人、いったいどんな顔なの？　おかめみたいな不器量かしら？　それとも……」

娘の口調に意地悪な響きが滲む。これは早めに名乗らなくては面倒なことになる。

「私です！　私がそのお糸って人です！」

糸が割って入ると、娘がぽかんとした顔をした。

「えっ……？」

「この娘の悪戯《いたずら》にお付き合いさせてしまって、申し訳ありません。ほら、お奈々、謝りなさい」

「どうして謝らなくちゃいけないんですか？　奈々は、何も嘘はついていませんよ？」

奈々が口を尖らせた。

「減らず口を叩かないの。お奈々がわざと惚けたのはみんなわかります」

「はーい。悪戯をしてごめんなさい」

奈々が娘にぺこりと頭を下げた。

「それで、お糸ちゃんに何の用ですか？　代書のお仕事じゃないんですよね？」

もちろん、縁切り状の仕事でもない。

娘はしばし逡巡《しゅんじゅん》するように目を泳がせてから、糸にまっすぐな目を向けた。

「お糸さん。私はあなたに、私の母と縁を切って欲しくて来たんです」

娘は〝私の母〟という言葉をことさら強く言った。

2

立ち話も何ですからと部屋に通して、糸は娘と向き合った。

奈々はまるでいつも一緒に暮らしているかのように、平然と従《つ》いてくる。

糸はそのままにさせても良いか迷ったが、おそらくこれは男と女の湿っぽい話になるわけではなさそうだ。

それにわざわざ右隣の部屋に追いやっても、きっと奈々は壁に耳をくっつけてすべて聞いてしまうだろう。

「私の名はゆきといいます。家族で日本橋北詰《にほんばしきたづめ》にある丸吉《まるよし》という小さな飯屋を営んでおります」

〝家族で〟と口にしたときにゆきの顔がまた挑むように強張った。

「両親は、私が生まれる前に女の子を育てていたと聞きました。名前はお糸というそうです」

「……その女の子は、どこへ行ってしまったんですか？」

お糸は己の拍動の音を強く感じながら訊いた。

「込み入った事情で霊山寺に預けられたと聞きました。それから両親は、一度もその女の子に会っていないそうです」

「そうでしたか。お話を聞くと、それは間違いなく私のことです」

糸は静かに言った。

ゆきをしみじみと眺める。たくましく利発そうな娘だった。

あなたが、あのときおっかさんのお腹にいた赤ん坊なのね。

たまらなくあの頃が懐かしくなって、今にもおゆきを力いっぱい抱き締めたくなる。

だが目の前のゆきは、そんな甘ったるい再会を少しも望んでいない。

強張った顔で強い目で糸を見据えていた。

「では、母と縁を切っていただけますか？」

「縁を切るも何も、おゆきさんのお母さんには十年よりもっと前から一度も会っていません。今こうして訪ねてきていただかなければ、あなたともこれから死ぬまで一度も会うことはなかったでしょう」

目の前のゆきをまるで妹のように愛おしく思っていた。

けれどそれを悟られないように、敢えて冷めた口調で言う。

「母が病で倒れました。死の床で、あなたに会いたがっているんです」

糸はゆっくり一度瞬《まばた》きをした。

「どうしてでしょう？　私には見当もつきません」

枯れた声でどうにか言った。

「では、今すぐに母に縁切りを言い渡してください」

「ずいぶんと話が飛びますね。いったい何を心配されているんですか？」

糸はささくれ立ったゆきの胸の内を傷つけないように、優しく言った。

「丸吉は私たち家族の店です。私が三つのときにおとっつぁんとおっかさんが一緒に始めて、家族皆で力を合わせて、たくさんのお客さんに支えられて営んできた店です」

ゆきが口を結んで糸をまっすぐに見た。

いかにも温かい家族の光景が胸に浮かぶ。

そこに己の姿がないことに胸が刺すように痛む。

しかしきっと、これはゆきの精一杯の強がりだ。こちらがそれに乗って心を乱されてはいけない。

「もしやその大事なお店を、私が乗っ取ろうとしているとでも思っているんですか？」

糸は含み笑いで訊いた。

ゆきがはっと息を呑む。

「ご安心くださいな。私はそんなこと思いもしません」

糸が言ったその刹那、ゆきの目から涙が一粒ぽろりと落ちた。

驚いて目を瞠る。

――おゆき、私があなたにそんな意地悪をするはずがないじゃない。

糸はゆきの涙を前に、胸の内で語り掛けた。

しかし考えてみれば、このご時世、ゆきの憂慮は少しも笑い飛ばせる話ではない。

大火の後、お江戸にはその日を生き延びることで精一杯の人々が増えた。

喰うに困って身を売るしかない女のひとりがお糸であることも、じゅうぶんに考えられただろう。

──大丈夫よ。ひとりで心細かったわね。私ができることなら何でも力になるわ。どうぞ姉さんと頼ってちょうだい。

そんなふうに声を掛けて背中を抱いてやりたくてたまらない。

「……ごめんなさい、すみません。そう言っていただけて、気が抜けてしまいまして」

ゆきが慌てて涙を拭った。

糸はそれをじっと見つめながら、密かに大きく息を吸う。

「おゆきさん、一つだけお願いがあるんです。私もおゆきさんのお母さんには昔のご恩があります。お見舞いをさせていただけませんか。たった一度だけそれをさせていただければ、私、あなたたちご家族に立ち入るような真似はもう二度といたしません」

ゆきは慎重に考える顔をした。

「見舞いのときには、私が一緒でも構いませんか？」

不安げな顔がまた戻る。

「ええ、もちろんです」

糸は安心させるように大きく頷いた。

「でしたら、いいですよ。母に会ってやってください。あなたに会いたがっているんです。ですが約束してください。死の床の母がお糸さんに何をあげると言ったとしても、それは決して本気に受け取らないでください」

「約束しますよ。私はただお礼を言いたいだけです」

糸はゆきに微笑みかけた。

そのとき、部屋の中に「ぐうっ」と間抜けな音が響き渡った。

振り返ると、真面目な面持ちの奈々が己の腹を押さえて目を白黒させている。

「だ、大事なお話の最中にたいへん失礼いたしました……」

「まあ、お奈々、お腹が減っていたのね。そういえば朝餉はまだ？」

かつては三食、糸のところで食べていた奈々も、最近はずいぶんとしっかりして父親と二人分の食事を自分で作っていた。

「今朝はおとっつぁんが明け方よりも早くに出てしまったので、奈々の朝餉はまだです」

奈々が恥ずかしそうに言った。

「お嬢ちゃん、お腹が減っているんですか？」

ゆきの目が光った。

「え？　は、はい。そのとおり奈々は腹ぺこですが」

奈々が怪訝な顔をした。

「お糸さん、台所を借りられますか？　何かお菜になるものがありましたら、それも使わせてくださいな」

「ええ、構いませんよ。あるものは好きに使ってくださいな。そうそう、今朝買ったばかりのお豆腐や厚揚げもそこにあります」

糸は目を丸くしつつも竈《かまど》を指さした。

「ありがとうございます。それじゃあ遠慮なく」

おゆきは懐から取り出したたすきで、手早く袖をからげた。

3

行燈の灯をぼんやり見つめながら、糸は団扇《うちわ》で己をゆっくりと扇《あお》いだ。

ずっと微かに頰が火照っていた。

おゆきがその場にあった材料だけで、目にも止まらぬ速さで手際よく作った献立は、大根の味噌汁《みそしる》に厚揚げのみぞれ煮、それに小松菜の白和《しらあ》えだった。

どれもさすがの味だった。

家で素人が作るものと違って、絶妙な塩加減に一切の迷いがない。まだ十五に満たないとは思えない腕、どんな地味なお菜ひとつにおいても、もう一度あれを食べたいと思わせる人の心を摑む味だ。

一口食べただけで、ゆきがあの齢《よわい》でもう立派に店を守っている頼もしい姿が想像できた。

「とても、とても美味《おい》しいです」

どこか糸に申し訳なさそうに言う奈々に、糸は「ほんとうね。こんなに美味しい料理を作れるってすごいことよ」と笑みを返した。

ゆきが作った小松菜の白和えを目にしたそのときから、胸が震えていた。

豆腐の量が多すぎて、少々見栄えがよくない小松菜の白和え。

でもこのくらい豆腐をたくさん入れたほうが、茹《ゆ》で具合を短めに加減して、しゃきしゃきした歯触りを残した小松菜にはよく合うのだ。

養い母の作る小松菜の白和えは、糸の大好物だった。

「おっかさん……」

声に出して呼んでみたら、懐かしさが胸いっぱいに広がった。

大きなお腹に耳を当ててたときの、母の笑顔と温《ぬく》もりが蘇る。

鼻の奥で涙の味を感じた。

「おうい、お糸。兄さんが来てやったぞ」

はっと顔を上げると、戸口が少し開いて、そこから豆餅を肩に乗せた藤吉がこちらを覗き込んでいる。

ずいぶん大きくなった豆餅が糸を見下ろして、にゃあ、と鳴いた。

「藤吉兄さん！」

糸はぱっと笑顔を見せてから、

「いきなり勝手に戸口を開けないでちょうだいな。お化けでも出たんじゃないかって驚いたわ」

と膨れっ面をしてみせた。

七つの頃に預けられた霊山寺で一緒に育った藤吉は、糸にとってほんとうの兄と変わらない。数少ない、軽口を叩いて甘えられる相手だ。

「お前が泣きべそをかいているところを覗けるかもなんて、少しも思っちゃいねえさ。なあ、豆餅」

藤吉と豆餅は頬を寄せ合って目を細める。

「藤吉兄さん、なんだか久しぶりね」

糸は小さく笑った。

「熊蔵との件が片付くまでは、俺は余計な口出しをしねえって決めていたんだけどな。今日ばかりは、お喋りお奈々がうるさいもんで、兄さんが助けに来てやったぞ」

藤吉が酒の入ったとっくりを見せた。

「まあ、お奈々ったら。あの娘、ほんとうに何でもみんなに喋っちゃうんだから」

糸は眉を下げて笑った。

でも私はきっとすべてわかっていて、ゆきとの場に奈々に一緒にいてもらったのだ。

「一杯やろう。いい加減、飲まなきゃやってられねえ心持ちだろう？」

糸はふっと笑って、「ええ、そうね」と頷いた。

お猪口《ちょこ》がないので湯飲みを二つ出して、お互いに酒を注《つ》ぐ。

「今日はひとまず熊蔵のことは置いておくぞ。俺が話そうとしたら叱り飛ばしてくれ。俺がお前と話してやれるのは、おゆきって娘が持ってきためんどくせえことだけさ」

藤吉が旨《うま》そうに酒を啜《すす》った。

「藤吉兄さん、ありがとう」

糸は藤吉に穏やかな目を向けた。

「ってことで、ついにお前にもこの機がやってきたな」

藤吉がにやりと笑った。

「……この機、ってどういうこと？」

「己を捨てた親が舞い戻ってきた、って話さ。お前だって、幼いころから似たような話を霊山寺でさんざん見てきただろう？」

藤吉が己の胸を指さす。

藤吉の母親は藤吉が十四になった年に、霊山寺に迎えに来た。

それまで我が子に一切の愛情を見せなかった藤吉の母親がいきなり現れたことに、住職はあまりいい顔をしなかった。だが藤吉本人は迷いなく母と暮らすと決めた。

そこから先は、藤吉にとってあまりに悲惨で不憫《ふびん》なことが続いた。

だが少し前に苦しめられ続けた母を看取《みと》ってからは、藤吉はこの長屋で猫の豆餅と共に穏やかに暮らしている。

「舞い戻ってきた、というのとは少し違うわ。おゆきの話では、私の母——養い母は、病に倒れたそうよ」

「それで死ぬ前に、己が捨てた子に泣いて詫びて許してもらって、胸の重荷を下ろしてすっきりと旅立とうってわけだ」

「藤吉兄さん！」

糸は藤吉を睨んだ。

どうしてそんな酷い言い方をするのだ。

「俺たちみてえな育ちの奴には、いくらでも聞く話さ。まあ、さんざん俺のことをいいように使い倒したおっかさんと比べたら、お糸の養い母はまだましなほうには違いねえけれどな」

藤吉が寂しそうに言った。

藤吉の口調からは、大人の都合に振り回され、己の親への思慕を踏み躙《にじ》られてきた幼い子供の痛みが滲んでいた。

「それで、お前はその養い母の、お涙頂戴のお別れに付き合ってやるのか？」

糸は湯飲みの中の酒をじっと見つめた。

「ええ、お涙頂戴のお別れに付き合ってあげるわ」

ぐいっと一口飲む。

「だって、おっかさん――あのご夫婦には、七つまで大事に育ててもらったご恩があるもの」

「もっと素直になっていいんだぜ」

糸と藤吉は顔を見合わせた。

糸はため息をついた。

藤吉にはすべてお見通しだ。

「……もう一度、おっかさんに会いたい。どんな幻滅するようなことを言われてもいいし、素っ気ない態度を取られてもいい。ただ、おっかさんの顔を見たいの」

ああ、私はやはりこう思っていたんだ。

後から後から涙が溢れた。

「お前の気持ちはよくわかるぜ。わかりすぎるほどわかる。どこの誰にやめておけって言われたって、何が何でも行くに決まっているよな？」

藤吉が苦笑した。

「その家族に嫌な思いをさせられたら、俺に洗いざらいぶちまけな。いくらでも聞いてやるよ」

「藤吉兄さん、ありがとう」

糸は涙を拭って藤吉を見上げた。

4

小石川にある銀太のお救い所は、流行り病がお江戸じゅうに広がっていた頃よりもずいぶんと小さくなっていた。

かつて糸が手伝いに駆り出された時分には病人が所狭しと横たわっていた建物が、取り壊されている光景に驚く。

流行りの病に脅かされない穏やかな日が戻ってきたことにほっとすると同時に、銀太と過ごしたあの目まぐるしい日々の思い出が胸に切なく蘇った。

「お糸さん！　どうしてここへ？」

お救い所の奥から現れた銀太が、目を丸くした。

「少しお話があるんです。銀太先生の手が空くまで、お手伝いをさせてくださいますか？」

「ええ、もちろん構いませんが」

銀太がこれほど動揺している姿を初めて見た。

お糸は半日ほどお救い所で掃除や片付けなどを手伝った。

銀太の仕事が終わったのは、日が傾き始めてからだ。

「お待たせしました。今日は助かりました。このお救い所はもうじき閉じることに決まったので、ばたばたしていまして。来月からは養生所に戻ります」

心地よく疲れた顔をしている銀太と並んで歩く。

「先日はありがとうございました。銀太先生のお言葉、あれから幾度も考えています」

「差し出がましいことを言いましたね。あんなことを言ったらもうお糸さんとは二度とお会いできないという覚悟だったので、急にいらしていただいて驚きました」

銀太が静かに言った。

「熊蔵さんが戻ってきたら、必ず己の嘘偽りない気持ちを伝えます。それで何が起きたとしても、私は誰のせいにもせずにすべてを受け止めます」

糸は銀太をまっすぐに見た。

「そうですか。熊は、お糸さんの気持ちをまっすぐに受け止めることができる男です。あなたがそう覚悟を決めたなら、どんな形であれきっと物事は良いほうに進むでしょう」

銀太が頷いた。

「それと、実は今日はもうひとつ、銀太先生にご忠言をいただきたいお話があるんです」

「何でしょう？　私にできることなら」

「私の養い母のことです」

糸はゆきが訪ねてきたこと、養い母が糸に会いたいと話していることを説明した。

「私は、今でも養い母のことをたまらなく慕っているんです。藤吉兄さんには、それをすべて見透かされてしまいました」

糸の素直な胸の内に、銀太の顔が微かに強張ったのがわかった。

「お糸さん、すみません。それは私にはお力になることができなそうです。今の私には聞くのも苦しい話です」

銀太が首を横に振った。

「私は親と縁を切り、親を捨てた人間です。ひとたび縁切りをしたのですから、もう親の死に目にも会えないと覚悟しています」

「その銀太先生に、私を奮い立たせるお言葉をいただきたいんです」

糸は銀太を見上げた。

銀太がぎょっとした顔をした。

「もしかして養い母に、縁切り状を突き付けるつもりですか？」

糸は頷いた。

「それは、おゆきという娘に頼まれたからですか？」

「いいえ」

きっぱりと首を横に振る。

「気まぐれに愛情を注ぎ、お寺に預けた後は一度たりとも顔を見せず。さらに命を終えようとする今になってから、私に会いたいなんて言っておゆきの心を乱そうとする養い母とは、縁を切るべきだと考えました」

眩暈《めまい》を覚えながら言い切った。

昨夜の藤吉の悲し気な笑みが、胸に残っていた。

どれほど酷いことをされた親でも、どうしても捨てきることができない。離れ離れに暮らしていたからこそ、溢れんばかりの想いに囚《とら》われてしまう。藤吉の姿は己の姿だ。

「おゆきは、養い親と私が顔を合わせることをひどく憂慮しています。きっと実の子として何か察するものがあるのでしょう。ですが死の床にある母の望みを無下にすることもできずに、私のところまで来てしまったんです」

おゆきもまた、両親の胸に残った〝お糸〟の残影にずっと苦しめられてきたのかもしれない。

「私の養い親は、おそらく誰にも嫌われないように、誰にでも優しく、誰にでも頭《こうべ》を低くして生きてきた人たちです。きっとそれは私と同じなんです」

だからこのままではいけないのだ。

養い親に捨てられたという傷をいつまでも大事に温めている己から抜け出すために。

一歩を踏み出すために。

死の床にある病人に酷い言葉をぶつけるつもりはなかった。

だが己自身のけじめのためにも、二人を不安げに見守っているであろうおゆきのためにも、今日ここで糸と養い親との縁が終わるということをきちんと確かめたかった。

「……お糸さんの言うことはよくわかりました。せっかくあなたに会いたがっている養い母が気の毒だから優しくしてあげたほうがいいなんて、私はそんなきれいごとを言うつもりはありません」

銀太が頷いた。

「ですが、相手が傷つき、あなたが傷つくだけのために誰かに会いに行くというのは、私は反対です」

銀太が首を横に振った。

「今まであなたが縁切り状を書いてきた人たちのことを思い出してみてください。たとえ別れの道を選んだとしても、お互い新しいものを手に入れることができたはずです。養い母に縁切りを言い渡すならば、お糸さんはあなた自身のためにそれをしなくてはいけませんよ」

「私自身のために、ですか……？」

糸は己の胸に掌を当てた。

5

行燈の灯の下で縁切り状を書いてみた。

おっかさん、おとっつぁん、どうして私を手放したの？　どうして一度も会いにきてくれなかったの？　いつか別れが来るならば、どうして私をあんなに大事に可愛がったの？

溢れ出す思いをさんざん書き綴ったが、書いているうちにだんだん空しさが胸に広がる。結局その文は破いて捨ててしまった。

――おっかさん。

糸は墨で黒くなった指先を見つめた。

どうか悲しい思いをしないで欲しい。胸に抱えたことが少しもなく安らかに旅立って欲しい。ほんの少しでも長く笑っていて欲しい。

そんな想いと、子供のように泣きながら「おっかさんなんて大嫌い！」と叫びたい気持ちとが、胸を行き交う。

誰かと縁を切りたい、と願うのはこういう気持ちか。

初めてわかった気がした。

相手の姿が胸に深々と刺さり、その周囲がじくじくと膿《う》んでくる。そのせいで頭も身体もうまく動かなくなり、まともに暮らすことさえ難しくなる。

どれほど幸せなときがあったとしても、どれほどの恩があろうとも、出会ったご縁そのものを消し去ってしまいたいと願う。

これが縁を切りたいということだ。

風もないのにふいに行燈の灯が消えた。

「えっ？」

糸は驚いて周囲を見回した。

暗闇の中に行燈の灰色の煙がたなびいていた。

油が切れてしまったのだろうか。いや、そんなはずはない。つい先ほど注ぎ直したばかりだ。

怪訝な心持ちで立ち上がろうとしたそのとき、部屋の隅で濡れて光る二つの目に気付いた。

ああ、まただ。

不思議と恐ろしくは感じなかった。

この目の主が、暗闇から飛び出して危害を加えてこないことは知っていた。

「あなた、幼いころからずっと私のことを見ていたのね」

二つの目は、糸がまっすぐに見つめると臆したように震えた。

「あなたのせいよ。あなたが毎晩暗闇に現れて私を怖がらせることがなければ、私は今ごろ、おっかさんとおとっつぁんとおゆきと一緒に、丸吉で力を合わせて働いていたかもしれないのよ」

あの可愛いゆきに、「姉さん」と甘えてもらえたかもしれない。

小さい頃は一緒にお人形遊びをして、年を重ねたら着物を貸してやったり、噂話のお喋りではしゃいだりしていたかもしれない。

決して手が届かない温かい家族の姿が、思わず呻き声を上げそうになるほど胸に染みた。

「何か見せてちょうだいな。おっかさんの胸に残っているものを教えてちょうだいな？」

わざとぞんざいに言った。

得体の知れない化け物を前にして、こんな言い方ができる己に少し驚く。

二つの目はただじっと糸を見つめている。

「さあ、早く。私、あの人と、うまくさっぱり縁を切ってしまいたいの」

あの人、と呼んだらすっと胸が冷えた。

急にすべての幸せな思い出の色が失せる。

けれど胸の痛みはずいぶん和らいだ。

つい先ほどまで、どうにもならずに苦しみ続けていた心がふっと軽くなった。

そうか、こんな簡単なことだったのか。

糸がそう思いかけたそのとき、暗闇の目にいきなり激しい炎が宿った。

ひっと息を吞む。

表情は少しも見えていない。だが血がたぎるような怒りと憎しみに満ちた恐ろしい目だとわかる。

糸の肌にわっと鳥肌が立つ。

「い、いやっ！」

悲鳴を上げて後ずさった。

そのとき、左隣から激しく壁を叩く音が聞こえた。

「お糸！　うるさいよ！　寝ぼけているのかい？　そんな大騒ぎされちゃ、うちの猫たちが寝られやしないよ！」

イネの声ではっと我に返った。

「すみません。ちょっと怖い夢を見てしまいました」

慌てて応じてから改めて部屋の隅を見ると、二つの目はもう消えていた。

6

日本橋北詰の魚河岸《うおがし》近く。

丸吉は小ぢんまりした店構えの、いかにも素朴で旨い飯にありつくことができそうな飯屋だった。

糸は暖簾《のれん》の前に立ち、店を見上げた。

店の中では魚河岸で働く人夫たちの、いかにも機嫌が良さそうな大きな声が響き渡る。

「あいよっ！　おまちどうさま！」

時折、おゆきの甲高い可愛らしい声が聞こえた。

味噌汁のうっとりするようないい匂い。

丸吉は病人を抱えているとは思えないほど、生きる希望に満ちた店だった。

この店ならばなにも憂慮はいらない。

糸は小さく笑みを浮かべた。

母が亡くなった後も、きっとおゆきは父を支えて、この丸吉をしっかり続けていくだろう。

己を力づけるように大きく頷いた。

「すみません。よろしいでしょうか」

勝手口に回り込んで声を掛けると、待ち構えていたように戸が勢いよく開いた。

袖をたすきにからげて額に汗を浮かべたおゆきが、泣くのを堪《こら》える子供のように唇を結んで現れた。

「おゆきさんのお母さんの、お見舞いに参りました」

――そんな顔をしなくても平気よ。私はおゆきを悲しませるようなことは決してしないわ。

糸は胸の内でそう呟いて、微笑んだ。

「今日は、ありがとうございます。母は奥の座敷で眠っています。ただ、今、私はちょっと手が離せなくて……」

だが己の手が空くまでここで突っ立って待っていろと言うのは、あまりにも失礼だと思ったのだろう。

おゆきの目が泳ぐ。

「母の部屋でお待ちください。もし母が目を覚ましたら、すぐに私を呼んでいただくと約束していただけますか？」

可愛らしい丸い目を、精一杯尖らせて言う。

「ありがとうございます。もちろんお約束しますよ。決しておゆきさんのお母さんの眠りの邪魔にならないように、静かにしています」

糸は礼を言って、奥の座敷に向かった。

心ノ臓が激しく鳴った。

――おっかさん。

飛び上がるような嬉しさと、泣きたくなるような苦しさが胸の内を交差した。

息を殺して、障子を閉め切った薄暗い部屋に一歩足を踏み入れた。

齢よりもずっと老いて見える女が、口を半開きにして寝入っていた。

糸はその寝顔をじっと見つめた。

おっかさんってのはこんな顔だったかしら、と冷めた頭で思う。

最後に会った養い親たちの顔は泣き顔だった。

――お糸、ごめんね。許しておくれ。

霊山寺の参道を幾度も振り返り、両手を合わせて拝むように謝りながら、二人の背がだんだん小さくなっていく光景を忘れたことはない。

幾度も思い返した顔のはずだ。

だが目の前で眠る養い母の姿は、見知らぬ人のように遠くに見えた。

――おっかさん、あのね。

糸は胸の中だけで話しかけた。

──私、所帯を持つところだったのよ。熊蔵さんってとても優しくて私を大事にしてくれるまっすぐな人。それが、聞いてちょうだいよ。

店でゆきが「まいどありがとうございます！　またどうぞ！」と、明るい声を上げた。糸と母親のことで気もそぞろに違いない。それなのに少しもそれを悟らせない態度はさすが商売人だ。

──熊蔵さん、昔深い仲だったお美和さんって女の人との間に、五つになる子供がいたのよ。そんなのってある？　ひどい話でしょう？　私、これからいったいどうしたらいいのかわからなくなっちゃって……。

ちらりと養い母の寝顔に目を向けた。

──何だって？　かわいいお糸をそんな目に遭わせるなんて。なんて男だい！　そんな奴こっちから願い下げだよ！

ずっと昔のおっかさんの声が聞こえた気がした。

──そうよ、姉さん。そんな奴、最低よ。所帯を持つ前でほんとうによかったわね。

ゆきが膨れっ面で怒る顔。

──お糸、そりゃいけねえや。お前、よもやまだそいつに未練があるんじゃねえだろうな？　おとっつぁんは、手塩にかけて育てた大事な娘を、そんな奴のところに嫁に出すわけにはいかねえぜ。

幻の家族の賑やかな声が、耳の奥で響いた。

糸は寂しい笑みを浮かべて、ゆっくりと頷いた。

はっと気付くと、養い母の目が薄《う》っすらと開いていた。

養い母の瞳が糸を捉える。

怪訝そうなものが浮かんだ後、みるみる目を瞠った。

「……お糸かい？」

どうして一目でわかってしまうのだ。十年以上、一度も会っていないというのに。

糸は覚えずして奥歯を噛み締めた。

「はい、そうです。お久しぶりです。おゆきさんに教えていただいて、お見舞いに参りました。すぐにおゆきさんを呼んできますね」

腰を浮かせかけたところで、

「待っておくれ」

養い母が引き留めた。

「おゆきさんとの約束なんです。おゆきさんのお母さんが目を覚ましたら、すぐに声を掛けて欲しいといわれました」

おゆきさんのお母さん。

面倒な言い回しをわざわざ使った。

「お糸、あんたに話があるんだよ」

「いいえ、おゆきさんと、二人きりではお話をしないと約束したんです」

糸は必死で顔を背けた。

「待っておくれ。あんたに渡さなくちゃいけないものがあるんだ」

「私は何もいりません。そんなつもりでここへ来たわけではありません」

私はすべてを昔のこととして忘れるためにやって来たのだ。

養い親の形見になるものなぞ何も欲しくない。

「渡したいものは、あんたの、ほんとうのおっかさんのものさ」

糸は息を止めた。

7

「いつかは渡さなくちゃいけないと思いながら、お前の幼な心にどう響くかがわからずに、ずっと渡しそびれてしまっていたんだよ」

養い母が咳《せ》き込みながら言った。

「それはいったい何ですか？」

糸は嗄《しやが》れた声で訊いた。

「行李を開けてごらん。奥に油紙に包まれた襤褸《ぼろ》布《ぬの》があるはずさ」

糸は周囲を見回した。

店ではゆきが「もうちょっとだけお待ちくださいね。ただいま、すぐに」と、客に応じる明るい声。

息を潜めて行李に向かった。

蓋を開ける。

養い母が言ったとおり、奥に黄ばんだ油紙で包まれた一枚の襤褸布があった。

「うちの人が山で倒れていたあんたを見つけたときに、着ていたものさ」

糸は眉根を寄せた。

私が養い親に貰《もら》われたのは、いったいいくつのときだったのだろう。

いくら頭を巡らせてもそのときのことが記憶にない。

襤褸布を広げるとちょうど三つの子が着るくらいの大きさの浴衣だった。

浴衣の真ん中に大きく書かれた文字に気付いて、息を呑む。

《この子の名はお糸》

雨のせいだろうか、滲んだ字でそう書いてあった。

「女の筆だね」

養い母が言った。

「……ええ」

どこか幼さを感じさせる柔らかい丸い字を目に、糸は下唇を噛んだ。

「きっと、あんたのほんとうのおっかさんの筆だ」

糸は大きく息を吸って、吐いた。

「ええ、そうに違いありません」

私をこの世に生み出した誰かの字。その誰かが与えてくれた名。

糸は襤褸布をそっと胸に押し当てた。

「そこで何をしているんですか？」

急に背後で聞こえた鋭い声に、はっと振り返った。

ゆきが糸を睨みつけるような厳しい顔で立っていた。

「勝手に行李を開けたんですか？　どうしてそんなことを」

すっかり頭に血が上った様子のゆきが勢いよく近づいてきた。

「す、すみません」

勝手に開けたわけではないと弁解したくとも、ゆきとの約束を破って養い母と話をしてしまったのは事実だ。

どう話したらいいのだろうと迷っているうちに、ゆきの顔が険しくなる。

「うちのものに触らないでくださいな！」

ゆきが糸の胸元の浴衣を引ったくった。

「あっ」

「どうしてこんな襤褸布を……」

浴衣に目を向けたゆきが、書かれている字に気付いて動きを止めた。

「おゆき、それはお糸のものだよ。私がずっと渡したかったものさ。お糸のほんとうのおっかさんが、お糸のために書いたものだ」

横たわった養い母が声を掛けた。

「ご、ごめんなさい。私、そんな大事なものだなんて思わなくて……」

ゆきが糸に浴衣を返した。

「おゆきさん、ありがとう。これは私のものなのでいただいていきますね」

糸が優しく言うと、ゆきは黙って頷いた。

「ですが、もちろんいただくものはこれきりです。あなたのおっかさんのものは、すべてあなたのものですよ。あなたはこの丸吉の大事なひとり娘なんですから」

「お糸……」

養い母が呻いた。声に涙が混じる。

糸は養い母の枕元に座った。

「行き場のない私を拾い上げてくださって、命を救ってくださって、ほんとうにありがとうございました」

深々と頭を下げた。

「お糸、私はあんたに謝りたいんだ。あんたを手放してしまったことを、ずっとずっと後悔していたんだよ」

「ですがそれは、己ではなくおゆきさんを守るためにしたことですよね？」

糸はありったけの力を込めて、まっすぐに養い母を見つめた。

背後でゆきが息を吞んだとわかった。

「暗闇に得体の知れないものが視《み》えてしまい、夜ごと暴れて手が付けられなくなる私が、万が一にでもおゆきさんに危害を加えてはいけないと思って、されたことですよね？」

養い母は今にも泣き出しそうな哀れな顔で糸を見る。

「そうしていただけて良かったと思います。この世でいちばん守られるべきものは、いちばん弱い者です。私はおゆきさんを傷つけずに済んだことを、心から幸せに思っています。おゆきさんが暗いもののない温かい家で暮らすことができたことを、おゆきさんのお母さんが、私のことで気に病むことなんて何もありませんよ」

糸はゆきを振り返った。

「おゆきさん、私、あなたが生まれてくるのがとても楽しみでした」

――男の子かな、女の子かな。

養い母の大きな腹に耳を当てて、頰ずりをした日のことが思い出された。

「だからあなたがこうして立派に育っている姿を見ることができて、とても嬉しかったです。私に会いにきてくれて、ほんとうにありがとう」

「お糸さん、あの、私、これからも……」

ゆきが眉を下げた。

「いいえ、丸吉の皆さまとは今日ここでお別れです。もう一生、お目にかかることはないでしょう」

糸は妹を窘める姉の顔で、首を横に振った。

「お糸……」

振り返ると、記憶の中よりも白髪の増えた養い父が立っていた。

困ったような顔でこちらを見ている。

「お久しぶりです。お邪魔いたしました」

糸は慇懃《いんぎん》な調子を決して崩さずに頭を下げた。

「おゆきさんのお母さん、どうぞお心安らかにお過ごしください。生みの親の形見を大事にしまっていてくださったことに、心よりお礼を申し上げます。それではお暇《いとま》いたしますね」

糸は目を伏せて立ち上がった。

ゆきもゆきの父も追ってこない。

人で賑わう日本橋の通りを歩き始めてから初めて、まるで子を抱くかのような格好で、浴衣を胸に押し当てていたことに気付いた。

8

次の朝。糸は障子越しに強い日の差す部屋で、浴衣に書かれた字をじっと見つめた。

《この子の名はお糸》

ずいぶん滲んだ乱れた字だ。だがそこには切実な想いが宿っていた。

――糸。

美しい名だ。

艶やかな絹を思わせ、健やかな木綿を思わせ、そして人と人との縁を結ぶ赤い糸を思わせる。

自惚《うぬぼ》れだとわかっていても、なんて綺麗な名だろうと感じる。

私にはこの名を与えてくれた生みの母がいた。この名を決して失わないようにと願ってくれた生みの母がいたのだ。

ただそれだけで、腹が温かくなりぐんと力が湧くような気がした。

《お糸》という字をそっと撫でる。

ゆっくり目を閉じた。

――ほんとうのおっかさん。

私はこの人のおかげで、この世の楽しいものを美しいものを、そして苦しみを悲しみを存分に味わうために生まれることができたのだ。

糸は奥歯を噛み締めて面を上げた。

じっと虚空を見つめる。

このままではいけない。周りが私をどこかへ連れて行ってくれるのを待っていてはいけない。

手早く旅支度を始めた。

行李《こうり》の奥から引っ張り出してきたものに着替えを済ませて、風呂敷を広げてわずかな衣服を包む。

表に飛び出ると、いきなりイネと出くわした。

「へえ。どちらへお出かけで？」

笠《かさ》を被《かぶ》り脚絆《きやはん》姿の糸の格好を見たイネは、いかにも面白そうににやりと笑った。

「熊蔵さんを追いかけます。お美和さんと熊助くんが暮らしている保土ヶ谷へ」

きっぱり言い切った。

「やっと、己が放っておかれているって気付いたのかい？　ずいぶんお美和に遅れを取っちまったと思うよ」

イネは意地悪な目をする。

「私が煮え切らない態度を見せていたせいです」

「それじゃあようやく、何が何でも熊蔵を取り返すって決めたのかい？」

「いいえ、それはまだわかりません」

糸は首を横に振った。

「けれど、今すぐにでも熊蔵さんに会いたいんです。しっかり向き合って話したいんです」

「お糸、あんたいい顔をしているね。今までの日和見の頼りない娘っ子とは大違いだ」

イネが皺くちゃの顔をほころばせた。

「けど、一つだけ大事なことさ」

イネの目が光った。

「熊と別れたからといって、銀太に乗り換えることだけは決して許さないよ」

ひっ、と声を上げそうになった。

糸の揺れる胸の内は、イネにはすべてお見通しだったのだ。

「親子の縁を切ったとはいえ、銀太は私が産んだ子だよ。一度でも他の男と所帯を持つと決めた娘に、振られた寂しさを紛らわすためにたぶらかされるなんて冗談じゃない」

「おイネさん、そんな言い方はやめてください……」

糸に銀太への想いがないならば、イネの言葉は怒り出して当然の言い草だ。

取り繕わなくてはいけないとわかっているのに、声が細くなる。

「お糸、あんたは私と女と女の約束をしてくれるかい？　私の大事な銀太に、決して色目を使ったりしない、手を出さない、って言い切れるかい？」

イネが糸を睨むように言った。

品のない言葉を使っているからこそ、イネの銀太への切実な想いが伝わった。

「わかりました」

イネに正面から向き合った。

「銀太先生はおイネさんにとって、そして私にとっても、大切な人です。だから私は、そんな銀太先生とのご縁を台無しにしてしまうような真似は決してしません」

胸の内にまだ残っていたどこか浮ついた想いに、冷たい水を掛けられたような気がした。

「……ありがとうよ。旅の小遣いをあげようかね。途中の茶屋で、甘いものでも買うといいさ」

イネがどこか決まり悪そうに目を逸らし、懐をごそごそやる。

「ありがとうございます。お気持ちだけ」

糸はにっこり笑って、首を振った。

旅に出る前に、イネに厳しい言葉を掛けてもらうことができてよかった。

己の甘えを思い知ることができてよかった。

心からそう思った。

「気を付けて行っておいで。帰りは熊蔵が一緒か、それとも一人きりか。長屋の連中と賭けて待っているよ」

「賭け事をしていただくのは構いませんが、お奈々を巻き込まないでくださいね。あの子はまだ子供ですよ」

「ああ、うるさいね。そんなことはわかっているよ。早くお行き」

イネが面倒くさそうに手で払う真似をした。

「はあい、それでは行って参ります」

糸はぎらぎらと光る夏の朝日を、目を細めて見上げた。

第四章　繰り返し

1

糸が保土ヶ谷宿に辿り着いたのは日が暮れる少し前だった。

保土ヶ谷はお江戸日本橋から品川《しながわ》、川崎、神奈川に続く四番目の宿場町だ。海に近く富士山《ふじさん》を望む風光明媚《ふうこうめいび》な場所である。

武蔵国《むさしのくに》の端にある宿場で、お江戸から下る旅人と、お江戸に戻る旅人が、行きと帰り、それぞれ立場は違えど思い思いに旅を満喫しているであろう華やいだ様子で行き交う。

糸は旅人の喧騒《けんそう》に目を白黒させながら宿場町を歩いた。

いくつかの宿に断られてどうにか空きがあった旗屋《はたや》という宿を無事に見つけたが、夕餉《ゆうげ》の用意はもう間に合わないと言われてしまった。

「ですがこのあたりにはいくらでも居酒屋がございますから、お困りになることはないかと思いますよ」

親切な旗屋の女将に、安くて美味しいと評判の店をいくつか教えてもらって表に出た。

普段の糸ならば、暗くなってから表に出ることはまずない。

だが今日は旅の始まりの日だ。

祭りの縁日を思い起こさせる華やいだ街並みを、物珍しさも相まって周囲をきょろきょろと見回しながら少し遠い目当ての店に辿り着いた。

「お客さん、女のひとり旅かい？　なんだかちょいと頼りないねえ。もしあれなら、同じ行き先の一行に声をかけてやろうか？」

居酒屋の主人に訊かれて、慌てて首を横に振る。

「お気遣いありがとうございます。ですがそんな長旅じゃないんです。帷子町《かたびらちょう》の知り合いのところに行こうと思っているんです」

「なんだ、帷子町かい。それならここからすぐだ。ほっとしたよ。もっとも、天気で足止めを喰らわなけりゃね」

「そうであって欲しいです」

糸は天井を見上げた。

夏の終わりから秋の始まりにかけてのこの時季は、激しい雨風が数日続くことがある。今のところ雨風の様子はないが、夏の天気が変わるのはいつも急だ。

案じることが多くてあまり腹が減ってはいないが、ここでしっかり食べなくては身も心も持たない。

糸は挑むような心持ちで、居酒屋の壁に貼ってある品書を眺めた。

「焼き鳥と、あと味噌田楽もくださいな」

そういえば保土ヶ谷の名物は里芋だと聞いたことがあった。後で芋の煮つけも頼もう。

「あいよっ！」

威勢よく応じた主人が、入口に目を向けて、あっ、と声を上げた。

「お客さん、すまねえ。今日はいっぱいだ」

店に入ってこようとしたのは、三人組の年嵩の女たちだ。中には腰が曲がった老人もいる。

「まあ、そうでしたか。それじゃあ、どこかほかの店を当たらなくちゃいけないねえ」

女たちはお互い困った顔を見合わせている。

「あ、あの、私、席を動きますよ。こちらにどうぞ」

ひとり客の糸が奥に行けば、窮屈ながらここに三人座れないことはない。

「お客さん、悪いね」

店の主人が拝む真似をした。

「ご親切に、すみませんねえ」

「いえいえ」

女たちににこやかに応じて、糸は己の箸を持って奥の席に移った。

「おうい、こっち、こっちだよ！」

手を振られて驚いた。

齢の頃三十くらいの女が、こちらに向かって華やかな笑みを浮かべていた。

気が強そうで気さくそうで、そしてかなりの別嬪《べっぴん》だ。

「あんたいい人だね。私の奢《おご》りで一杯飲みなよ。おうい親父《おやじ》さん、この子に熱燗《あつかん》を一本頼むよ！」

徳利《とっくり》を揺らしながら、女は園《その》と名乗った。

園は神田明神《かんだみょうじん》参道にある菱屋《ひしや》という呉服屋の後家で、京に反物の買い付けの旅に行った帰りだそうだ。

糸も己の名を告げた。

「お糸、店主ってのは、いいもんだよ。金さえ稼いでいれば、仕事と遊びを一緒にしたって誰からもお咎《とが》めなしだ」

園は酔っ払って真っ赤な顔をして上機嫌だ。

「へい、熱燗一本、お待ちっ！」

早速運ばれてきた酒をすげなく断るのもおかしい。

「ありがとうございます、いただきます」

糸は丁重に礼を言った。

「いいってことよ。私はあんたみたいに心がきれいな人が大好きなのさ」

とくに深く考えずに咄嗟にやったことを、あまり褒められると居心悪い。

糸は肩を竦めて、注がれた杯を一気に空けた。

「いい飲みっぷりだね。ますます気に入ったよ。酒が強い女ってのはいいねえ。ね、霧《きり》丸《まる》？」

園が傍らの男に鋭い肘鉄を喰らわせるのを見て初めて、園が男連れだと気付いた。

「いてっ」

霧丸と呼ばれた男は、脇腹を押さえて困った顔で笑った。

齢の頃は糸とあまり変わらなそうな男だ。

園とはずいぶん齢が離れているが、この気安い様子は姉と弟だろうか？

それにしては顔が少しも似ていない。

霧丸のほうも目鼻立ちが整ったなかなかの色男だ。だが、陽気な気質が溢れ出るような園の顔立ちに比べて、霧丸の顔には園とは反対の暗い影が差しているように思えた。

「どうだい、霧丸。私とこのお糸、あんたはどっちが好みだい？」

えっ、と園の顔を窺った。

酒の席の戯言《ざれごと》にしては不穏な調子だ。

そしてこの台詞《せりふ》は、姉と弟ではありえない。

霧丸が陰気な目で糸の顔をじっと見た。

「お、お園さん、何をおっしゃいますか？　変な冗談はやめてください」

慌てたせいで、お猪口に入った酒が手の甲にびしゃっと零れた。

「わ、たいへん」

焦って手拭いを取り出す糸を、霧丸は冷めた目で見た。

「……俺は、若い娘なんかにゃ興味はねえよ」

やはりこの二人は恋仲なのだ。

「ようし、いい子だ。正しい答えが言えたね！」

園がぷっと噴き出して霧丸の頭を撫でた。

「馬鹿馬鹿しいお惚気に付き合わせて悪かったね。今日は、みーんな私の奢りさ。さっきの焼き鳥と、味噌田楽と、他にもいくらでも好きなだけ頼んでおくれよ！」

顔を真っ赤にして上ずった声の園が霧丸の肩にしなだれかかると、霧丸はほっとしたような顔をした。

2

「今日は御馳走《ごちそう》さまでした。おやすみなさい」

生暖かい湿った風が強く吹きつけた。

糸は顔に貼り付いたおくれ毛を払いながら、園と霧丸と別れて宿へ向かう道をゆっくり歩いた。

まったく、ただより高いものはない。

期せずして園の奢りとなってしまったので、味噌田楽を食べ終えたら頼もうと思っていた芋の煮つけは注文することができなかった。

その上ずいぶん酒に付き合わされて、すっかり頬が火照っていた。

「こういうときに、場を悪くしないような形で、きっぱり断れなくちゃいけないわね」

園と霧丸は、妙な二人であったが悪い人物ではなかった。

だからよかったものの、あの二人が万が一にでも人さらいであってもおかしくはないのだ。

また強く風が吹く。

「きゃっ」

目に砂が入った。両手で顔を覆う。

と、いきなり数人に囲まれた気配を感じた。

「お嬢ちゃん、ご機嫌だな」

「あんたのことをずっと見ていたぜ。ずいぶんいい飲みっぷりだったな」

「今から俺たちとも飲もうぜ」

顔を上げると、不穏な様子の若い男三人に囲まれていた。

息が止まり、すぐに酔いがさっと冷めた。

「やめてください」

ひとりの男に腕を摑まれそうになって、飛《と》び退《の》いた。

やはりいくら宿場町とはいえ、夜道を女ひとりでそれも酔っ払って歩くなんて不用心だった。私はいったい何をしていたんだろう。

「いいだろう？　一緒に遊ぼうぜ」

腕をぐいと摑まれた。

「……やめて、誰か助けて」

悲鳴を上げたいのに、か細い声しか出ない。

一巻の終わりだと顔を歪めたそのとき、背後で、

「はい、ここまでだよ。今なら見逃してやるから、大ごとにならないうちにやめておきな！」

園の鋭い声が響いた。

「嫌がっているじゃないか。みっともないねえ。せっかくの色男が台無しだ」

園は三人の男相手に棒を振り上げているわけでもない、まったくの手ぶらの丸腰だ。

しかし少しも臆さない堂々とした態度に、男たちは完全に圧倒されている。

「な、なんだよ、あんた」

「その娘《こ》は私の知り合いだよ。連れて帰らせてもらうからね。どいた、どいた」

しっしっと男たちを払うと、にっこり笑って糸の手を取った。

「あ、ありがとうございます」

「あの店からあんたが泊まっている旗屋に戻るには、少々まわりが暗いからね。どうもひとりじゃ危なっかしいと思って霧丸を先に帰らせて戻ってみたら、案の定だ」

園が酒臭い息を吐いて、得意げな顔をした。

男たちは白けた顔をして去って行く。

「いいかい、お糸。夜道を歩くときは、悪い奴らに、この女はいかにも面倒くさそうな、うるさそうな奴だ、って思われなくちゃいけないんだよ」

園が頼もし気に言った。

「面倒くさそうな、うるさそうな奴、ですか……」

「そうさ。女がひとりで夜道を歩くときは、わざと大きな足音でずんずん歩いたり、無《む》暗矢鱈《やみやたら》に傘を振り回したり。あとは、わざとまるで泥棒みたいな間抜けな仕草をして、きょろきょろと周囲を見回すのもいいね。この女は生き延びるためなら摑まれた腕を切り落としてでも逃げそうな奴だ、ってそう思わせなくちゃいけないんだよ。あんたみたいに澄まして大人しそうに歩いていたら、格好の餌食になっちまう」

園が豪快に笑った。

「危ないところを助けていただいて、何とお礼を言ったらいいかわかりません」

糸は改めて園に頭を下げた。

これからは私も、園のように強い女にならなくてはと思う。

「礼はいらないよ。あんたが旅慣れていないとわかっていて遅くまで付き合わせたんだからね。私のせいでもあるのさ。悪かったよ」

園は気さくに言ってから、少しまじめな顔をした。

「実のところはあんたにちょっと話があってね。それであんたのことを追いかけてた、ってのもあるんだ」

「お話って何でしょう？」

糸は首を傾げた。

助けてもらったお礼に、できることなら何でもするつもりだ。

「霧丸のことだよ。霧丸のことで頼みがあるんだ」

「……霧丸さんですか？　どうされましたか？」

場違いに艶めいて聞こえた男の名に、糸は急に居心地悪くなった。

「私は、あの子と別れたいと思っているんだよ」

「ええっ！」

まさかそんな。

先ほどの二人からは少しもそんな気配は窺えなかった。

「そんなに驚くことかい？」

「だって、とても仲睦《なかむつ》まじいお二人でしたから」

糸はすっかり酔いの冷めた頬を押さえて、信じられない、というように首を横に振ってみせた。

「人目をはばからずにいちゃつくのが、仲睦まじいってわけじゃないだろう？　それを言ったら、花魁《おいらん》と客は長い間添い遂げた夫婦よりもずっと仲良しってことになっちまうよ」

園がどこか寂しそうに肩を竦めた。

3

宿屋の二階の部屋に園を招き入れて、二人で表を眺めた。

虫の音が鳴る。店から灯が少しずつ消えて、時おり酔った様子で大きな声で話す客が通る。宿場町の喧騒はもうじきお開きになろうとしていた。

「私が霧丸と会ったのは、私の連れ合いが死んで一年後のことさ。ってことはもうじき七年になるね。おっと、どこで出会ったかは聞かないでおくれよ」

園がぺろりと舌を出した。

糸の胸に霧丸のどこか憂いを含んだ顔つきが浮かんだ。

きっとかつての霧丸は女を相手にする稼業だったに違いない。

酒の席で、園のように華やかでおまけに金のある女の機嫌を取る、美しい少年たちのひとりだ。

「七年前、ということは、霧丸さんはその頃おいくつだったんですか？」

糸は少々どぎまぎしつつ訊いた。

十五で所帯を持っても少しもおかしくないが、霧丸は今でもじゅうぶん若く見える。

「私が二十八だから、えっと、霧丸は十八のときだね」

「ちょ、ちょっと待ってくださいな。七年前にその齢ということですよね？」

糸は思わず遮った。

「ああ、そうだよ。そんなに驚くことかい？　齢が十離れていても、男と女が逆ならば少しもおかしくないだろう？」

糸が驚く姿に、園がきょとんとした顔をした。

「いえいえ、そういう意味じゃないんです」

糸は大きく首を横に振った。

「じゃあ、どういう意味だい？」

「そ、それは……」

あの霧丸の齢が二十五だということに驚いていた。

見た目は少々整ってはいたが、園の横に控えて、ただ暗い顔をして儚げにぼんやりしているだけの男。糸の胸に残った霧丸とはそんな姿だ。

まじまじと顔を見たわけではなかったが、霧丸の頼りなげな気配からはせいぜい十七、八だとばかり思っていた。むろん、二十五のいい大人らしいどっしりした風格は一切感じられない。

「お園さんが三十五ということに驚いたんです。とてもお若く見えましたから」

慌てて取り繕った。

「お糸、聞いたようなことを言うなら、相手を選ばなくちゃいけないよ」

園がわざと眉を顰めてみせてから、にやりと笑った。

「私は、己が若く見えるかどうかなんて少しも気にしちゃいないよ。若いときの私なんてのは、まったくどうしようもない馬鹿な娘だったからね。恥ずかしくて思い出したくもないさ」

園が肩を竦めてみせる。

「あれからうんと年上の老人のところに嫁入りをして、連れ合いを看取って、菱屋を切り盛りしたりと、苦労に苦労を重ねてきたさ。おかげで今じゃ綺麗に装う金もあるし、商売の力もあるし、頭も回る。私は三十五の今がいちばんの別嬪だよ！」

胸を張ってみせる園は、確かに輝くばかりに美しい。

「ごめんなさい、確かにその通りですね」

糸は頷いた。

園というのは華やかで強い、何とも不思議な女だ。

今の園の力強い言葉を奈々に聞かせてあげたら、きっとすごく喜ぶに違いない、とちらっと思う。

「いや、そんなにきちんと謝らないでおくれよ。こっちが恥ずかしいさ」

園が照れくさそうに笑った。

「いやね、私が霧丸を連れ歩いていると、いい齢をして、だの、年甲斐《としがい》もなく、だの、ひどいのになると、年寄りの冷や水、なんて意地悪を言う連中もいるもんでね。酔っ払ったせいで、何も関わりないあんたにまでむきになっちまったよ」

「嫌な人もいるもんですね。そんな意地悪、気にしちゃいけません」

糸は顔を顰めた。

「私たちが歩いていると、みんな、こそこそ私の悪口を言うんだ。けど、誰も霧丸の話はしないいんだよね」

園がぽつんと言った。

「それは、お園さんが華やかな方だから目立つんだと思いますよ」

「お糸、ほんとうはそう思ってないだろう？」

間髪容《い》れずに聞き返されて、糸はぐっと黙った。

「霧丸にはさ、己がないんだよ。からっぽなんだ。だから皆の目には霧丸の姿はほとんど映らないのさ」

──からっぽ。

背筋が冷たくなった。

つい先ほどまで上機嫌にしなだれかかっていた相手のことを、そんなふうに酷に言い表す園の胸の内が急に見えなくなってくる。

「七年前はそれが可愛らしかったんだよ。己の意のままに操れる若い男なんて最高だろう？　けどね、最近は苛立ってくる、もっと言えば鬱陶しくなってくるときがあるんだよ」

「霧丸さんはお園さんのことが好きでたまらないから、何でも言うことを聞いてくれるのかもしれませんね」

「やめだ、やめだ！　そんなおためごかしは。あんた、先ほど助けてやった恩を忘れたかい？」

園が大きく手で払った。

「お糸、ほんとうは私の話を聞いてどう思うんだい？　腹を割った本心を教えてくれよ」

　園は立膝をついて、糸を睨むように強く見つめた。

　しばしの沈黙が訪れる。

「……わかりました。お園さんがそうお望みなら、私の思うことを話してもいいですか？」

　糸は覚悟を決めて頷いた。

「霧丸さんがからっぽになってしまったのは、お園さんのせいです。お園さんが何でもできてしまう年上の華やかで強いひとだから、霧丸さんはそれに頼り切っていつまでも十八のときのままでいるのです」

　奥歯を噛み締めて園を見た。

　園は満足げに頷いた。

「私が世話を焼き過ぎたってわけだ。やっぱり、あの子とはもうそろそろ別れなくちゃいけないんだろうね」

「お園さんの『苛立ってくる』なんて口に出してしまうお気持ちと、霧丸さんの行く末のためには、その形が良いのかもしれませんね」

　このまま夜通し割り切れない胸の内を話し合うのが、園が求めていた〝頼み〟ならば喜んで付き合うつもりだ。だが――。

「それでお糸、あんたに折り入って頼みがあるんだ。先に言っておくけれど礼は相当弾むよ」

やはりそう来たか。

「……頼み、って何でしょうか？」

礼は弾むなんて言葉が付け加えられる頼みは、とんでもなく面倒なことに決まっていた。

「霧丸に近づいて惑わせて欲しいのさ。男ってのは本心のところでは、あんたみたいな大人しそうでうぶな雰囲気の娘が好きじゃない奴はいないはずだからね」

「ええっ！　それは無理です。うまく行くはずがありません！」

慌てて大きな声を出した。

「何も色仕掛けまでしろとは言っていないよ。あんたが霧丸といい雰囲気になって私の悪口を聞き出して欲しいのさ。そこに私が偶然鉢合わせる。そうすればそれを盾に、こっちだって『あんたなんてもう嫌いだ』ってきっぱり別れてやることができるだろう？」

園は急に子供じみた浅はかな企みを話し出す。

「ちょ、ちょっと待ってくださいな。それはできません」

「どうしてだい？　頼むよ、お願いだよ、霧丸とうまく別れたいんだよ。人助けだと思ってさ。お礼は弾むって話しただろう？」

園がねっとりと甘い声を出した。

これは簡単には離してくれそうもない。

糸は大きく息を吸った。

「私には好きな人がいます。霧丸さんといい雰囲気になんてなりたくありません！」

一気に言った。

園がぽかんと口を開けた。

糸は頰を熱くして園を見返す。

「……そうかい、それなら頼めないね。悪かったよ」

園は急に白けた顔をして謝った。

「お園さんは、霧丸さんとのことを真剣にどうすべきかと悩まれているんですよね？　ならば下手な小細工はお園さんには似合いません」

糸は乱れた息を整えながら言った。

「もしよかったら、別の形でお力にならせていただけませんか？」

「別の形？」

園が不思議そうな顔をする。

「実は私は、人の縁切り状を代筆している縁切り屋なんです。今のお園さんのお気持ちを、隠すことなく霧丸さんに伝えるお文を出してはいかがですか?」

4

次の朝、眠い目を擦りながら朝餉に下りてきた糸に、宿の女将は気の毒そうな顔をした。

「お客さん、帷子町に向かうっておっしゃっていましたね? 残念ですが今日明日は難しそうですよ。昨夜の激しい雨で、帷子川の水かさが増したんです」

「雨ですか?」

表を見ると確かに地面が濡れていた。

あれから園のためにああでもないこうでもないと相談に乗りながら、一緒に縁切り状を書いたのだ。

――ありがとうね。いい別れの文が書けた気がするよ。さすが縁切り屋さんだ。

夜も更けてからさっぱりした顔で宿に戻っていった園を見送ってからは、疲れ切ってことんと眠りについてしまったので、雨にまったく気付かなかった。

お園は、縁切り状を今日霧丸に渡すと言っていた。できればここに長居したくはなかったが。

「わかりました。もうしばらくお世話になろうと思います」

「毎度ありがとうございますね。今夜こそは美味しい保土ヶ谷名物の芋料理をお出ししますからね。楽しみにしていてくださいな」

女将に礼を言って、部屋に戻ろうとしたがどうにも不穏な心持ちは消えない。

気持ちを切り替えて散歩に出ることにした。

保土ヶ谷宿は、人が多いのに澄んだ風が吹く清々《すがすが》しいところだ。

境木地蔵《さかいぎ》にお参りをして、良翁寺《りょうおうじ》の境内の旅人で賑わうぼた餅屋を覗いているうちに、少しずつ気が晴れてきた。

長屋の片すみで書写の仕事に励み、時おり訪れる縁切りの客の縁切り状を書くという日々の暮らしに大きな不満があったわけではない。

だが、人との関わりがこじれてしまったとき、これからどう進めばよいのかわからなくなってしまったときには、こんなふうに己の居場所を変えてすべてを遠くに眺めているのが心地好い。

それに昨夜の私は、今までとは少し違った。

こちらから己のことを「縁切り屋」と称したのも初めてだし、親身になって人の縁切り状の内容の相談に乗ることなんて今までなかったことだ。

――それに。

糸は晴れた空を見上げた。

——私には好きな人がいます。霧丸さんといい雰囲気になんてなりたくありません！

きっぱりと言い切った己の言葉が胸に蘇る。

誰かをまっすぐに好いていると口に出すことが、これほど己に力を与えてくれるとは知らなかった。

取るに足らない些細なことだ。

園という女の放つ華やかなもののお陰でもあるのだろう。

だが、一歩前に進むごとに今まで見たことのない景色が広がる、この旅が心地よかった。

葉蘭《はらん》に包んでもらったぼた餅を手に少し頬を綻ばせて宿に戻ると、玄関先に誰かがいるような気がした。

下働きの小僧だろうかと素通りしかけてから、強い視線を感じて振り返る。

「あっ」

霧丸が昨夜居酒屋にいたときと同じ、困ったような顔で立っていた。

「あんた、何か知ってるんだろう？」

霧丸の手には、昨夜、糸と相談しながら園が書いた縁切り状が握られていた。

5

糸と霧丸は、人の多い通りに面した茶屋の床几《しょうぎ》に腰掛けた。

重苦しい霧丸の顔つきと対照的に、若くて可愛らしい茶屋娘たちが旅人の間を忙《せわ》しなく駆け回る賑やかな店だ。

嫌な話になる覚悟はできていたので、保土ヶ谷宿の中でも特に賑やかなこの店を選んだ。

「目が覚めたら、お園の姿がどこにも見当たらねえんだ。それで俺の枕元にこの縁切り状が置いてあった。お園は俺を置いてお江戸に戻っちまったんだ」

霧丸は青ざめた顔で言った。

「お園さん、夜中のうちに出発されたんですか？　激しい雨が降ったと聞きましたが」

「いや、夜中かどうかはわからねえや。俺が起きたのはついさっきだから。明るくなってから出て行っちまったのかもな」

霧丸はすっかり日が高くなった空を平然と見上げた。

だらしない暮らしをしていることを少しも悪びれずに話す霧丸の頬は、吹き出物を引っ掻いたようにひどく荒れていた。

こうして明るいところで見ると、整っているとはいっても、年相応に日焼けした肌にどこか間延びした顔立ちだ。姿かたちから若さは感じられないのに、仕草だけがどこか拗ねたように幼い。

――霧丸に近づいて惑わせて欲しいのさ。

さらりとそんなことを言った園を思い出し、胸がざわつく。

すぐに謝ってくれたから水に流したつもりだったとはいえ、こういう言葉は胸の奥に案外長く残る。

こんな〝からっぽ〟の男に女として近づくなんて、私にはぜったいに無理だ。

「それで、私に何を訊きたいのですか?」

隙を見せないようにと、背筋をしゃんと伸ばした。

「お園は何を怒っているんだろうか」

霧丸が不思議そうな顔で首を捻った。

「それは、きちんとお園さんが、お文に書いていらしたと思いますが」

「やっぱり、あんたがその場にいたんだな。誰かが焚《た》き付けたんじゃなけりゃ、お園は、俺にこんな冷てえことを言う女じゃないんだ」

霧丸が身を乗り出した。

「私が焚き付けた、ですって? どうしてそんなことをしなくちゃいけないんですか」

驚いて目を瞠った。

「昨夜、俺が『若い娘なんかにゃ興味がねえ』って言ったのが気に喰わなかったんだろう?」

「まさか、そんな子供じみたことをするはずがないですよ。そんな言葉、今、言われるまで忘れていました」

言われてみれば二人に初めて会った居酒屋で、そんな話をした気がする。

あまりにも馬鹿らしくて笑ってしまった。

「嘘だ。若い娘ってのは、己が若いことに自信があるはずさ。それを興味がねえなんて言われたら、きっと、かあっと頭に血が上っちまって……」

もう、何よそれ。

糸はさすがにむっとした。

「若いことに自信がある、って。霧丸さん、それはあなたのことではないですか？」

口に出したそのとき、霧丸の顔がぐっと強張った。

糸は唇を結んで霧丸をきっと睨む。

「せっかくお園さんが心を尽くして考えたお文です。あなたはもうとっくに大人の齢なんですから、これは誰かのせいだなんて思う前に、己の胸に手を当てて考えてみるべきではないですか？」

ぽかんとしている霧丸に、糸はその胸元を指さした。

《霧丸。私たちは終わりにしよう》

園の縁切り状の文面が胸に浮かぶ。

まだ若い霧丸の行く末のためにも私たちは別れるべきだ、なんて取ってつけたような綺麗な言葉を並べたわけではない。長い月日を重ねるうちに、園の霧丸への想いが変わっていったこと。男女の仲はおしまいにしたいという園の素直な心がわかりやすく綴られた、良い文だった。

縁切り状の中でお互いの齢の差というどうにもならないものについて一度も言及しなかったことには、さすがだと思った。きっと園は立派な後家として菱屋の皆に頼られている人物に違いない。

だがこの様子では、霧丸には園の想いは半分も伝わっていないようだ。

「己の胸、ねえ……」

霧丸が胸に掌を当てた。

怪訝そうな顔をする。

一度、二度、ゆっくり息を吸って吐く。

「うーん、なんだかちょっと見えてきたような気がするぞ」

「へっ？　そうですか。なら良かったですね」

呑気な言葉に拍子抜けしつつ応じた。

「俺はあんたのことが気に入ったのかもしれない」

「ええっ!?」

思わず大きな声を上げてしまった。

茶屋の客たちが一斉にこちらを見る。

「私をからかうつもりか知りませんが、あまりにも突拍子もないことを言うのは止めてくださいな」

慌てて身を引きながら言った。

「からかうつもりなんてねえさ。きっとお園は昨夜、俺があんたに一目惚れをしたことに気付いたんだ。それで俺の行く末のために泣く泣く身を引いてくれた、ってわけか。そうか、そう考えるとすべて納得がいくぞ」

「何も納得はいきません。そんなの迷惑です！」

糸はこれ以上ないほどきっぱりと言った。

「お園は昔から言っていたんだ。『いつかあんたに若い恋人ができたなら、そのときは少しも悪びれずに言っておくれよ。すぐにきれいさっぱり身を引くからね』ってな。なるほど、そういうことだったんだな……」

霧丸がひとり勝手に頷いている。

「私、帰らせていただきます！」

糸はうんと顔を顰めて、勢いよく立ち上がった。

6

人の縁切りに立ち合うというのは恐ろしいことだ。いつ流れ矢に当たってもおかしくないし、返り血の飛沫《しぶき》を浴びてもおかしくない。

私はあまりにも気付くのが遅すぎた。

糸は宿屋の部屋で、墨に染まった指先を見つめた。

これからもずっと側《そば》にいると信じていた者に別れを告げられ、いったいどうやって生きていけばいいのだろうと戸惑い、ひとりでいることがたまらなく寂しいそのとき。人は手近にいて己の話を聞いてくれる人に、無性に縋りつきたくなる。

考えてみれば、少しもおかしいことではない。

霧丸の糸への気持ちには、真心なんてほんの少しだってない。ただひたすら、寂しさと不安を紛らわしたいという焦りがあるだけだ。

――冗談じゃないわ。馬鹿にしないでくださいな。

糸は首を横に振った。

己のことはもちろんのこと、もしも大事な誰かが、そんなふうに寂しさを埋めるための相手として扱われたら、きっと糸は我慢ならないだろう。

――熊と別れたからといって、銀太に乗り換えることだけは決して許さないよ。

イネの声が胸に蘇った。

糸はそっと掌を己の胸に当てた。胸が痛い。

おイネさんが見抜かれたとおりです。私は、銀太先生に己のことを引き受けてもらえたらどれほどいいだろうと思っていたんです。

項垂れて、胸の中のイネに語り掛けた。

熊蔵さんに捨てられた私を銀太先生が哀れに思い、拾ってくださったらどれほど嬉しいかと願っていたんです。

まるで私は、捨て場に迷う厄介な塵《ごみ》のようだ。

己のことを塵のように扱う者に、幸せなぞやってくるはずがないのだ。

糸は拳を握り締めた。

「お客さん、夕餉の支度ができましたよ。下へどうぞ」

ふいに廊下から声をかけられて、はっと我に返る。

「すぐに伺いますね」

ふいにぐうっとお腹が鳴って、己の健やかな身体にほっとする。

今夜の夕餉は、保土ヶ谷名物の芋の煮つけを出してくれると言っていた。

美味しい食事をたくさん食べれば、きっと気も晴れよう。

糸は小さくため息をついて階下に向かった。

「お客さん、よかったですね。帷子川の水量がずいぶん減りました。明日には出発できそうですよ」

「そうでしたか。ありがとうございます」

いよいよ熊蔵、そしてお美和と熊助と顔を合わせることになると思うと、喉元で臆病心が震えた。

そうだ、私は熊蔵と向き合って己の人生にとって大事な話をするために、ここへやってきたんだ。

園と霧丸に振り回されるのはほどほどにしなくては。

今度の縁切り状は、糸ではなく園自身の筆で書いたものだ。

これまで糸が縁切りを手伝ってきた者たちのように、霧丸の胸の内に残ったものが糸に見えてしまうという羽目にはならないだろう。

「おまちどうさま。たくさん召し上がってくださいね」

糸の前に、芋の煮つけと山盛りの麦飯、味噌汁が載った膳が置かれた。

「まあ、美味しそうですね。いただきます」

目を細めて箸を手に取ったそのとき。

「そうそう、お客さんにお文が届いていますよ」

女将が目配せをして意味ありげに笑った。

「お文ですって？」

長屋の皆は、糸がどこの宿へ泊まっているかわかるはずはない。

それではいったい誰からの文なのか考えると、嫌な予感しかしなかった。

「昼間にここで待っていた、色男のお兄さんからですよ」

耳元で囁かれてこっそり文を手渡され、一気に食欲が失せる気持ちになった。

文を開くと、中には案の定、大きさが不揃いで子供じみた字が並んでいた。

《お糸へ　俺はお前が恋しくてたまらない。お前こそが俺の求めていた相手だったのだ》

ぞっと鳥肌が立った。

文から禍々《まがまが》しいものが立ち上るような気さえした。

気味が悪いのは、糸が少しも男として好いていない誰かに想われることではない。

糸の人となりなんて少しも見ていない、ただ寂しさを紛らわすことしか考えていない者にねっとりと絡みつくような想いをぶちまけられることが、たまらなく気味が悪いのだ。

「早速お返事を書かれるようでしたら、申し付けていただければお届けしますが」

含み笑いの女将に言われて、糸は「いいえ、結構です」と眉間に皺を寄せて首を横に振った。

女将が「あら」と呟いて、何とも気まずい顔に変わる。

糸は文を懐に乱暴に放り込むと箸を取った。

「それでは改めて、いただきます」

せっかく楽しみにしていた保土ヶ谷名物の芋の煮つけは、少しも味がしなかった。

7

次の朝はよく晴れた。

糸は早いうちから念入りに旅支度を整えた。朝餉をもらったらすぐにこの宿を出ようと思っていた。

ほんとうならば、もう少しゆっくり落ち着いて熊蔵とのことを考える間が欲しかった。だが今は霧丸との面倒ごとに巻き込まれないのがいちばんだ。

昨夜の文はあまりにも気味悪くて、破いて屑入れに捨ててしまった。廊下で物音がするたびに、まさか霧丸がやってきたのではと、はっと目を覚ました。

こんなときに熊蔵が側にいれば、きっと糸のことをしっかり守ってくれただろう。

そんなふうに都合のよいことをちらりとでも考えてしまう己に、情けなくなった。

私はきっと、霧丸の放つたまらない寂しさにあてられてしまっているのだ。

「おはようございます。ここ数日、たいへんお世話になりました」

下で朝餉の味噌汁を啜っていると、玄関先で女の声が聞こえた。

糸は箸を運ぶ手を止めた。

〝お糸〟という名がはっきり聞こえているわけではないのに、きっと己の話をしているのだと察するものがあった。

箸を置いて表に出る。

「まあ、お園さん！」

旗屋の前で、園が決まり悪そうな顔でそこに立っていた。

「お糸、この間は世話になったね」

園はしきりに照れくさそうに笑う。

糸は、これはややこしいことになりそうだと身構えた。

「あれからさ、霧丸がどうしているのか教えて欲しいんだよ。あいつ、泣いていないかい？　もう死んでしまいたいなんて言っていないかい？」

「お園さん、お江戸に戻られたと聞きましたが……？」

糸は敢えて園に訊かれたことには返事をせずに訊き返した。

園の煮え切らない表情に胸がざわつく。

「ああ、そうさ。霧丸が朝寝をしているうちに荷物を纏《まと》めて逃げてやったさ。けどね、あれからどうしてもあいつのことが気になっちまってねえ。嫌だよ、お糸。そんな呆れた顔をしないでおくれよ」

園が頬を赤らめた。

「呆れてなんていません。ですが、お園さんがそんなことをおっしゃるなんて意外でした。お園さんというのは、己を持ったしっかりした方だと思っていたので」

ここで、「お園さんの気持ちはよくわかります」とは言えない。意を決して思ったことをそのまま言った。

「今の私は、頼りないかい？」

「頼りない、という言葉が正しいのかはわかりません。けれど……」

糸は首を横に振った。

「つまり、お園さんは霧丸さんとよりを戻すためにいらしたんですか？」

正面から園を見た。

園の目が泳ぐ。

「よりを戻す、って嫌な言葉だね。元に戻っちまうわけじゃないんだ」

園が苦笑いを浮かべた。

「けど、霧丸が私の大切さに気付いたってんなら、もう一度縁を結び直してもいいかとは思い直してみたんだ」

園の肌艶は良く、目は輝き、声に張りがあった。これは楽しくてたまらない遊びをしている子供の顔だ。

「そんな勝手な……」

糸は言いかけてふいに、ああそうか、と気付いた。

園はこれまでこうして幾度も、己の気まぐれに霧丸を付き合わせて、別れる別れないの騒動を繰り返してきたのだ。

これまでに縁切りを手伝った人たちの顔が次々に浮かんだ。

別れを決意したほうも、別れを言い渡された相手も、皆、一生に一度の覚悟を持って相手に向き合っていた。一度はこの縁が結ばれた意味を見つめ直して、新たな道を歩き出していたはずだ。

そのとき、道の先から「お糸！　そこにいるのはお糸だな？」と呼ぶ声が聞こえた。

「この声は……霧丸かい？」

園が怪訝そうな顔をした。

糸は、顔を顰めたいような気分で身を強張らせた。

まだ遠くにいる霧丸には、糸の姿しか見えていないのだろう。

「お糸、おうい、お糸！　お前に会いたかったんだ！」

大きく手を振りながら一目散に近づいてきた霧丸の足が、びくりと止まった。

「……お園。なんでお前が」

霧丸の顔から血の気が引いた。

「ずいぶんなご挨拶だね」

園が怒りを押し殺した声で言った。

「お糸、どういうことだい？　説明しておくれ」

園は眉を吊《つ》り上げて糸に向き合った。

「お園さん、誤解です」

「お、お糸は何も悪くねえんだ。俺がすべて悪いんだ」

霧丸が割って入った。額に冷汗を掻いている。

園の顔がより険しくなっていく。

「ちょ、ちょっと霧丸さん、やめてください！　話がややこしくなるので、少し黙っていてくださいな！」

糸は強い口調で遮った。

「お園さん、落ち着いて聞いてください」

園に、霧丸に厳しい目を向けた。

「昨日、お園さんの縁切り状を目にした霧丸さんは、何が起きたかわからずに私のところへいらしたんです」

「どうしてお糸のところへ？」

園が尖った目で霧丸を睨んだ。

「一昨日《おとつい》、お園はお糸のところへ行ったんだろう？　そこでお前がまた、いつもの変なほうへ向いたんじゃねえかって思ったのさ」

霧丸が肩を竦めた。

「また、いつもの、ってどういうことだい？」

園が噛みついた。

「いつもの別れ話さ」

霧丸が疲れた顔で言った。

「そんな、私は……」

「お前からの別れ話がこれで幾度目か、お糸さんに教えてやろうか？」

少し強い口調で言い返されて、園は仏頂面を浮かべた。

「それで、どうしてあんたとお糸が恋仲になっているのさ？」

「それは……」

「ちょっと待ってくださいな。私に言わせてください」

霧丸に任せては心許《こころもと》ない。慌てて引き取った。

「恋仲なんかじゃありません。霧丸さんはお園さんにされたことに傷ついただけです。お園さんに一人前の相手として大切に扱ってもらえなかったことが寂しいだけなんです」

糸は園に向き合った。

「お園さん、どうぞ霧丸さんを十八の青年ではなく、二十五の大人として扱って差し上げてください」

「二十五の大人……だって？」

園はぐっと呻くような声を上げて黙った。

しばらく沈黙が訪れた。

「……霧丸、私の書いた縁切り状は読んでくれたかい？　あれはお糸に手伝ってもらって書いた、私のほんとうの気持ちさ」

園が絞り出すような声で言った。

「あ、ああ。もちろんさ。いつまでもだらしねえ俺にうんざりしちまった、って話だろう？　俺がだらしねえのは、手前《てめえ》がいちばんよくわかっているさ。お前にいっつも言われているからな」

霧丸が頷く。

「だらしないのはあんたじゃなかったね。この私のほうさ」

園が己の胸を示した。

「そんなことねえさ、お園は前からずっと……」

「そう、前からずっとそのまんまなのさ。あんたと出会った七年前から、私は何にも変わっちゃいないんだ。年下で頼りなくて、いつでも私の言いなりになるあんたといるのが居心地好すぎて変われなかったんだ」

園が糸に向き合った。

「お糸、あんたには今、好きな男がいるって聞いたね？」

「……ええ。言いました」

糸は頷いた。

「あんたは今、その男との仲に相当苦しんでいるね。毎日いろんなことを考えて、少しずついろんなことに気付いて、どんどん変わっている」

「そうでしょうか。己ではわかりませんが」

糸は思わず己の頬に掌を当てた。

そんな糸の姿に園は息を抜いて笑った。

「人の縁ってのは、そういうもんじゃなくちゃいけないんだ。お互いがそれぞれの目指す方へ向かって進んでいるからこそ、一筋縄じゃうまく行かないもんなんだ。私たちの決まりきったつまらない揉め事とは大違いさ」

園が糸と霧丸を交互に見た。

「私たち二人は、一緒にいたらこうしてずっとぐるぐると同じことを繰り返すだけだね。

あんたといるときの私は、いつまでも少しも変わらないんだ。あんたは私といたら、ずっと子供じみたまんま。私はあんたといたら、ずっと偉そうなまんまだ」

園が霧丸に言った。

「俺には目指す方、なんて大それたもんはねえぜ。お前といて楽しいぜ」

霧丸が急に涙ぐんだ。

見捨てないでくれと願う子供の顔だ。

「やめとくれ！　いい大人がなんてざまだい！」

園がぴしゃりと言い切った。

覚悟を決めた顔で霧丸を睨む。

霧丸はぽかんとした顔をしてから、ふっと笑った。

「そういや俺は、二十五だったたな」

低い声で頭を掻くその顔は、急に十ほども年を重ねて見えた。

8

旅支度を整えた糸は、帷子川の流れにかかる帷子橋の前に立った。

橋の袂《たもと》には船着き場があり、炭の荷を運ぶ船が幾隻も出入りしていた。

近くに来ると、小舟のほとんどが強い流れに今にもひっくり返ってしまいそうな状況でどうにかこうにか踏ん張っているとわかる。

帷子川は、暴れ川と呼ばれる曲がりくねった流れの速い川だ。雨で増した水の量はずいぶん収まったはずだが、流れを見つめていると引き込まれそうになるほどの勢いを感じた。

空は晴れて立っているだけで汗ばむほど暑いのに、頬に跳ねる川の水は驚くほど冷たい。

海のように寄せては返す波とは違う。今、目の前のものがこの水の流れに巻き込まれてしまったら、二度と再び巡り合うことはできないとわかる。

激しい川の流れの上を歩き出したら、足元がすっと涼しくなった。

「私の好きな人は……」

熊蔵の顔、銀太の顔、イネ、奈々、岩助、藤吉の顔が。そして永遠に縁が途絶えてしまった養い親たちと、可愛いおゆきの顔。

糸と縁を結び、思いやってくれた人たちの顔が浮かぶ。

――私はこの人たちの誰に対しても、まっすぐに向き合わなくてはいけないんだわ。

糸は歩を進めながら胸の中で唱えた。

熊蔵に会うのが怖かった。美和に、熊助に会うのはもっと怖かった。

己のずるさ、情けなさ、甘えに向き合うのが怖かった。

――でも私は、誰かと深い縁を結びたい。自分以外の誰かのことを何よりも大切に思いたい。

己の力強い足音が響く。

――たとえそれで傷つくことになったとしても。格好悪くて、消え入りたいくらい恥ずかしい己に出会うことになったとしても。

「わっ！」

急に視界が激しく揺れた。

せっかく勇ましいことを考えて歩いていたというのに、橋の継ぎ目につんのめって、転びそうになってしまったのだ。

誰かに己の胸の内を聞かれたわけでもないが、急に照れくさい心持ちになった。

苦笑いを浮かべてこっそり肩を竦める。

「えっ？」

向こう岸から橋を渡ってくる親子がいた。

「おとっつぁん、約束だよ。良翁寺でぼた餅を四つ買ってくれるって言ったね？」

「確かにぼた餅を買ってやるってのは言ったけどな。四つも買うなんて言ってねえぞ？　だいたい四って数はどこから来たんだ？　お前とおっかさんと、それに俺で三人だ」

男が息子の頭をぽんと叩く。

「四つってのは、おらが二つ喰うんだよ」

少年が楽しくてたまらないという顔でころころ笑った。

「何だって？　一人でぼた餅を二つも喰ったら、腹を壊すぜ？」

「だって、おら、ずーっと腹が減ってたんだよ。おとっつぁんに会う前から、ずっと、ずーっとだよ」

二人の歩みが止まった。

「おとっつぁん、急に立ち止まってどうしたんだい？　あれ？　この人……」

見覚えのある少年の顔が、今にも泣き出しそうに歪んだ。

「……お糸さん」

少年の手をしっかり握った熊蔵が、呆然とした顔で立ちすくんだ。

番外編　奈々の縁結び

1

お糸ちゃんがたいへんだ。

奈々は大川《おおかわ》沿いの土手で遊び回る小さな子たちを眺めながら、ため息をついた。腕に抱いた大丸の温かくて柔らかい毛並みに顔を埋める。

お糸ちゃんのことをあれだけ好いている熊蔵さんとなら、きっと幸せになってくれると信じていた。だから奈々も、お糸ちゃんが長屋からいなくなってしまうのがたまらなく寂しい気持ちを押し殺して、二人の門出を祝うと胸に誓ったのに――。

この憂き世というのは、時々こんなふうにとんでもない悪戯を仕掛けてくる。

お糸ちゃんは少しも悪いことをしていないのに。

温かい縁が結ばれるに違いないというそのときに、冷や水を浴びせかけられるような目に遭うなんて。

「奈々はこんなことになるなんて、少しだって思いませんでしたよ。大丸はどうでしたか？」

大丸があさってのほうを向いて大あくびをした。

「おーい、奈々ねえちゃん！」

細い木の枝を振り回しながら、三太《さんた》が土手を上ってきた。

三太はこの土手に集う子供たちの中ではいちばん年少の、まだ五つの少年だ。

ずいぶん痩せていつも垢《あか》だか泥だかわからない汚れに塗《まみ》れているが、両目は常に生気に満ちてきらきらと輝いている。

「奈々ねえちゃん、ではありません。お奈々ねえさま、とお呼びなさい」

奈々は背筋をしゃんと伸ばして厳かに言った。

「へえっ。お奈々ねえさま、だって？　そんな呼ばれ方をしている子なんて、どこにもいねえよ」

三太がいかにも可笑《おか》しそうに噴き出した。

「ならば三太だけはそうしなさい。どんな言葉を発するかで、どんな大人に育つかが決まるのですよ。幼いうちから良い言葉を使えば、きっといつかは立派な人になります」

「立派な人ってどんな人だい？　金持ちのことかい？」

三太が首を傾げた。

「いいえ、立派な人というのは銭金のことではありません。心の豊かな人のことです」

「へえっ？」

三太が素っ頓狂な声を上げた。

おっと、五つの子相手に少し難しい言葉を使いすぎてしまったようだ。

「えっと、立派な人というのは、みんなに優しい人のことです」

もう少し平易な言葉で言い直した。

「お奈々……ねえさまみたいな人のこと……ですか？」

「まあ、子供のくせにお世辞はいけませんよ」

奈々は華やいだ声を上げた。

幼い子にそんなふうに思われていたと知ると、嬉しくて頬が熱くなる。

「それに三太、今、きちんと丁寧な言葉を使うことができましたね。お前はとても呑み込みの早い子ですね。私が見込んだだけあります。常にそうしろとはいいませんが、少しずつねえさまのような立派な話し方ができるようになりなさいね。ご褒美に、大丸とお医者さんごっこをして遊んであげましょう」

奈々は大丸の頭を撫でながら膝から下ろした。

「わーい！　それじゃあ、おいらが大丸のおっかさんの役をやるよ」

「それじゃあ、私がお医者さんをしましょう。今日は、どうされましたか？」

奈々はいかめしい顔をしてみせた。

「えっと、えっと、うちの大丸が、お腹が痛いと申しております」

「ほうほう、大丸くんはいくつになりますかな？」

わざと低い声を出して、大丸のお腹を触る。

「五つになります」

三太の目が利発そうに輝いた。

「昨日の夕飯は何を食べましたか？」

「うどんを食べました。この子はうどんが大好物なのです。私も、そんなに食べたら腹を壊すよ、って言ったのですけれどもね。いくらでも食べたがるもんで、三杯も食べました」

三太がいかにもおっかさんらしい口真似をする。

「何？　三杯は多いですね」

三太がくくっと笑った。楽しくてたまらないという顔だ。

「そういえば先生、忘れていました。その後、すいかを一玉あげてしまいました」

「何ですって!?　それはおっかさん、あげすぎですよ！」

奈々が目を剝くと、三太がきゃっきゃと声を上げて笑った。

釣られて奈々もお腹を抱えて笑い出す。

二人の笑い声が騒々しいので、大丸は迷惑そうな顔をしていなくなってしまった。

「まったく、三太は賢い子ですね。三太と遊んでいるといつもこんなふうに笑い転げてしまいます」

奈々は三太の頭を撫でた。

三太とごっこ遊びをしていると、その小さな口から滑らかに流れ出す楽しい作り話に驚かされる。

奈々自身、己が人より利発であるという自負があった。だが、三太はもしかするともっと賢いのかもしれない。そんなふうに思うとなぜか胸が高鳴った。

「お奈々ねえさまは賢い子が好きです。賢い子は、こんなことをしたら相手はどんな気持ちになるか、と相手の胸の内を察することができます。皆が可愛がってあげさえすれば、とんでもない意地悪や裏切りをすることのない良い大人に育ちます」

「へえっ？」

三太が目をまん丸くして首を傾げた。

「また難しいことを言ってしまいましたね。今はまだわからなくてよいのですよ」

奈々は、青《あお》っ洟《ぱな》を垂らした三太のことをぎゅっと抱き締めた。

「おうい、お奈々！」

はっと顔を上げた。

「この声は、おとっつぁんです！」

飛び上がって周囲を見回すと、手を振りながら土手を歩いてくる見慣れた姿があった。

「おとっつぁん！　三太、あれがお奈々ねえさまのおとっつぁんですよ。腕の良い大工で、力持ちで優しくて自慢のおとっつぁんです！」

ぴょんぴょん飛んで大きく手を振り返しながら、奈々は三太に言った。

「おとっつぁん……」

三太がぼんやりと岩助を見つめる。

「おとっつぁん、おかえりなさい！　今日はお早いお帰りですね！」

奈々は岩助に勢いよく抱き着いた。汗と煙草《たばこ》と埃《ほこり》の混じった匂いのする半纏《はんてん》に顔を埋める。満面の笑みが浮かぶ。

「お奈々が土手にいるんじゃねえかと思ってな」

岩助の大きな掌が頭を撫でる。

奈々はうっとりと目を細めた。

「作事《さくじ》が早く終わってな。今日は存分に遊んでやるぞ」

「ええっ！　そんな、そんな！」

奈々は嬉しい悲鳴を上げた。

直後に、はっとして三太に目を向ける。

三太は賢そうな目でじっと父娘《おやこ》を見つめていた。

〝お奈々ねえさま〟が我を失って燥《はしや》いでいる姿を見られてしまったのは、気まずい。

「坊主、もちろんお前も一緒に遊ぼうな」

岩助が声を掛けると、三太は目を閉じて、幸せをじっくり味わおうとするかのように大きな大きな笑みを浮かべた。

2

鬼ごっこに、相撲取り、泥団子《どろだんご》を作って、歌も歌った。

土手の子供たちはみんな岩助にべったり懐いて、皆で競い合うように手を繋いで岩助の背に飛びついた。

「いけません、いけません。お前は先ほどおとっつぁんにおぶってもらったところではないですか。いくらおとっつぁんのことが好きだからといって、独り占めはいけませんよ。小さい子に順番を譲りなさい」

奈々は子供たちに厳しく注意をしながらも、頬が緩むのが抑えられない心持ちだ。

「そろそろカラスがお山に帰ります。お前たちもおうちに戻りなさいな」

「はーい」

子供たちがばらばらに駆け出した。

「やれやれ、おとっつぁん、今日はありがとうございました。小さな子たちがとても喜んでいましたよ」

子供たちを家路につかせて、ようやく岩助に存分に甘えられると思いかけたところで。

岩助の逆側の手を握ったままの小さな影に気付いた。

「おや？　三太ですか？」

三太は岩助の太い腕にしがみ付いている。

奈々の言葉が聞こえているに違いないのに。

「どうしました？　早くおうちに帰りなさい」

己の口調が少々尖って聞こえて、はっとする。

「お奈々、おとっつぁんが言うからいいぞ」

岩助が優しい口調で窘めた。

「三太、今日は楽しかったなあ。けれどもう暗くなっちまうさ。おっかさんが心配するぞ。またいくらでも遊んでやるから、今日は家に戻りな」

岩助が言い聞かせると、三太は岩助の目をじっと見つめた。首を横に振る。

顔を歪めて今にも泣き出しそうだ。

「帰らないってことですか？　そんな赤ん坊みたいなことを言ってはいけませんよ」

暗くなったら遊びを止めて家に帰る。

誰よりも賢いはずの三太に、そんな当たり前の道理がわからないはずがない。

なのに、こんなときだけ急に聞き分けの悪い幼な子じみた振る舞いをするなんて。

「三太、おかしいですよ。おうちに帰りなさい」

「お奈々」

岩助の声にわずかに強いものを感じた。

息を呑む。

小さい子相手に、意地悪を言っていると思われてしまったのかもしれない。

そんな、と泣きたい心持ちになってくる。

「おとっつぁん、聞いてくださいな。三太は普段はとても賢い子なんですよ」

「そうか、いい子だな。ずいぶん楽しかったから、帰りたくなくなっちまったんだな。お前の気持ちはようくわかるぜ」

岩助が三太の頭を撫でた。

「違います、そういう意味じゃないんです」

少しも話が通じていない。

「必ずまた一緒に遊ぼう。約束するぜ。いつがいい？」

三太が岩助をじっと見つめた。

「明日がいい！」

澄んだ声で言った。

「三太、おとっつぁんは毎日仕事がとてもとても忙しいのです。今日、遊んでもらえただけでもとても珍しいことなのですよ。明日、なんて頼んですぐに遊んでもらえると思ったら大間違いです」

奈々は呆れ返って言った。

「明日か……」

岩助が難しい顔をした。

奈々は、小さい子は困ったものですね、と胸で呟いて大きく頷いた。

三太が丸く輝く目をきょろきょろ動かして、奈々と岩助を交互に見ている。

「よしっ！　いいぞ。明日また来てやるよ！　けど明日は、今日ほど長い間は遊んでやれねえけれど、許してくれよ」

「ええっ！」

奈々はあんぐりと口を開けた。

「おとっつぁん、ご無理はいけません。おとっつぁんの仕事に障りがあってはたいへんですよ」

慌てて言い募るが、岩助は「平気だからそう答えたのさ」と意に介さない。

「やったー！」

三太が飛び上がって喜んだ。頬が真っ赤に染まって、嬉し涙を浮かべているかのように瞳が潤んでいる。

「よし、じゃあ今日は家に帰れるな？」

「うん！　明日また、絶対だよ？」

三太が念を押した。

「ああ、約束だ」

「約束……」

三太は言葉を噛み締めるように呟くと、考え深げな顔をして素直に握った手を離した。

「さあ、三太、帰りなさい。早く帰りなさい。すぐに帰りなさい」

奈々が泣き出しそうな心持ちで言うと、三太は奈々を見上げて、

「お奈々ねえさま、明日も遊びましょうね」

と、幸せそうに目を細めた。

3

次の日、奈々が土手に辿り着くと、三太がひとり目を輝かせて待ち構えていた。他の子たちの遊びの輪から外れて、ずっと奈々のことだけを待っていた様子だ。

「お奈々ねえさま！　お待ちしていました！」

幾度も練習したのだろう。己によく似た大人びた口調に、なぜか胸がざわついた。

「ああ、三太ですか」

驚くほど素っ気ない態度を取ってしまった。けれどすぐに、さすがにこれではかわいそうかと思い直して向き合う。

「丁寧な言葉を使うことができましたね。偉いですね」

あまり心の籠《こも》らない口調で、作り笑いを浮かべた。

「だって、おいら、お奈々ねえさまみたいになりたいんです！」

三太が嬉しくてたまらないという顔で、背筋をしゃんと伸ばして奈々を見上げた。

「そうですか、なら一所懸命、精進しましょうね」

「精進……？」

「精進とは、たくさん励むことです」

奈々は三太の顔を覗き込んだ。目には相変わらず利発な光が宿っている。

「なるほど、わかりました！」

「ですが三太のような五つの子が使う言葉にしては、難しすぎますね。大人の前で使うと笑われるかもしれません」

「どうして笑われるんですか？」

三太が真剣な目を向けた。

「大人というのは、あまり大人びた子は苦手なものなのです」

「へえっ？」

三太と話しているうちに少し胸の内の強張りが解《ほぐ》れてきた。

奈々は三太の頭を撫でてにっこりと笑った。

「お奈々ねえさまのおとっつぁんは、いつ頃来ますか？」

三太は土手の向こうに華やいだ顔を向けた。

「三太、そのことですが。これからはわざと子供じみた振る舞いをして大人を困らせてはいけませんよ。お前は賢い子だから、私の言っている意味がわかるでしょう？」

奈々は三太の手を握って言い聞かせた。

「お奈々ねえさまのおとっつぁんは、忙しいのです。これからはおとっつぁんではなく、お奈々ねえさまがいくらでも遊んであげますからね」

「おとっつぁん、来ないのかい？」

三太が泣き出しそうな声を上げた。

「いえいえ、今日は来ますとも。おとっつぁんは約束を違《たが》えるような人ではありませんからね。ですが、明日も、また明日も、なんて駄々を捏《こ》ねてはいけませんよ、とそういう話です」

「お奈々ねえさまは、明日も、また明日もおとっつぁんに会えるんだよね？　なぜおいらは駄目なの？」

奈々はぐっと言葉に詰まった。

いくら賢くても、五つの心というのはずいぶん幼いものだ。

「なぜって、おとっつぁんはお奈々ねえさまのおとっつぁんだからです。三太、お前はうちの子じゃありませんもの」

あっ、と思った。

三太がいきなり真っ赤な顔を歪めて泣き出したのだ。

「三太？　どうして泣くんですか？　お奈々ねえさまは、何も意地悪をしてはいませんよ。ほんとうのことを言っただけではないですか？」

「う、うわーん！」

三太はいよいよ声を上げて泣き出した。

土手で遊んでいた子たちが何事かという顔を向ける。

「お前たちは、こっちを見なくていいのです。遊んでいなさい」

奈々は慌てて大きく首を横に振った。

「奈々ねえちゃんが泣かせた！」

ひとりの子が鋭い声を上げた。

「三太のことを泣かせたぜ」

「あーあ。いけないんだ、いけないんだ」

「ねえちゃんのくせに、ちっちゃい子をいじめたんだ」

子供たちが楽し気に囃《はや》し立てた。

「ちょ、ちょっとお前たち。年上のねえさまに向かってなんて口の利き方ですか」

奈々は焦って手を振り回す。

「三太、泣き止んでくださいな。お奈々ねえさまが三太をいじめたわけじゃない、って言ってやってくださいな」

「おうおう、どうした、どうした。いったい何事だ？」

奈々はひっと息を吞んだ。

作事の格好で風呂敷包みを手に持った岩助の姿が目の前にあった。

「奈々ねえちゃんが三太をいじめて泣かせたんだ」

ひとりの子が面白そうに言った。

「ち、違います、おとっつぁん、信じてください。他でもない奈々が小さい子をいじめて泣かせるなんて、そんなことあるはずがありません！」

奈々は必死で岩助に訴えた。

「ねえ？　三太、そうですよね？」

泣き続ける三太の両肩を摑んだ。三太がむずかるようにその手を振り払う。

「お奈々、まあまあ、落ち着け。そんなおっかねえ顔で言ったら、三太が怖がるぞ」

岩助が三太をひょいと抱き上げた。

「おっかない顔なぞしていません」

「ほんとうにそうか？」

岩助が笑って、奈々の眉間の深い皺をちょいと親指で押した。

「三太、もう泣くな。今日もたっぷり遊んでやるからな」

「ほんとう？」

三太が顔を上げた。

覚えずという様子で岩助の首元にひしと抱き着く。

「おとっつぁん……」

昨日は、明日はそんなにたくさん遊んでやれないと言っていたではないですか。

小さい子が泣いて駄々を捏ねたら言うことを聞いてあげるなんて、そんなのは奈々は納得いきません。

「ああ、本当さ。それにお前ら、腹が減ってるんじゃねえか？　いいもんがあるぜ」

岩助が三太を地面に下ろして、風呂敷包みを広げてみせた。

「握り飯だ。今日の作事の場が煮売り屋だったもんで、女将が帰りにたくさん持たせてくれたんだ。お前らへの土産にぴったりだろ」

「わあ！　握り飯だって！」

子供たちが一斉に集まってきた。

「ああ、お前たち、うるさいですよ。少し静かになさいな」

蜂の巣でも突《つつ》いたような大騒ぎに、奈々は思わず顔を顰めて人差し指で両耳を塞いだ。けれど奈々のことを気にしている子なんてどこにもいない。

「焦るな、焦るな。皆の分、ちゃんとあるぞ」

笑って諌《いさ》める岩助の首元には、まだ三太がしっかりとしがみ付いていた。

4

「お奈々、どうした?」

夕暮れの帰り道、少し先を進んでいた岩助が足を止めて振り返った。

「どうもしません。石蹴りに手間取っているだけです」

奈々は足元の尖った石を蹴って、そっぽを向いた。

「早く来い。おとっつぁんと手を繋いで帰ろう」

岩助が大きな掌を差し出す。

「お構いなく。奈々はもう大きなねえさまですから、おとっつぁんにべたべたする齢ではありません」

あらぬほうへ石を蹴ったら、畦道《あぜみち》の向こうの田んぼに落っこちてしまった。

「何を拗ねているんだ?」

「拗ねてなんかいません」

「じゃあ、おとっつぁんと手を繋いでくれよ。おとっつぁんはお奈々と手を繋いで帰りてえんだ」

胸を通る温かいものに、覚えずして涙がこみ上げた。

「なら、仕方ありませんね。おとっつぁんがそうされたいということでしたら仕方ありません」

そっぽを向いたまま急いで駆け寄って、岩助の手をしっかりと握った。

分厚くて硬い掌から、熱いほどの温もりが伝わる。

「……おとっつぁん、今日、奈々は三太をいじめていません」

自ずと涙交じりの言葉が流れ出た。

「ああ、わかっているさ。五つの餓鬼なんてもんは、年がら年じゅう理由なんて何にもなくたってぴいぴい泣いているもんだ」

岩助が笑った。

「そうですよね！」

分厚い曇り空が、刹那で晴れ渡ったような気がした。

ああ、よかった。おとっつぁんはすべてわかっていてくれたんだ。

嬉し涙が零れそうな心持ちで、奈々は岩助の掌をぎゅっと握った。

「おとっつぁん、三太っておかしいんですよ。どうしてお奈々ねえさまは、おとっつぁんと毎日会えるのに、おいらは会えないの？　なんて聞いてくるんです。三太は他所《よそ》の子なのですから、奈々のおとっつぁんに毎日会えないのは当たり前ですよね？」

嘘のように胸の内が軽くなっていた。

「へえ、三太ってのは、面白いことを言う子だな」

「ええ、そうなんです。小さい子ってのは、可愛らしいもんですね」

そうだ。突拍子もないことを言う小さい子というのは、ほんとうは心から可愛らしい存在のはずだ。

たった五つの三太を相手に、いったい私は何をきりきりしていたのだろうと、不思議な気持ちになった。

「三太にはおとっつぁんがいないのか？」

岩助の言葉にはっとした。

「そうかもしれません。三太は一緒にごっこ遊びをしていると、男の子なのにいつもおっかさんの役をしたがります。もしかしたら、おとっつぁんってどんなものだかわからないのかもしれません」

お江戸では、先の大火でたくさんの人が死んだ。

奈々の母親もそのひとりだ。

三太も同じようにおとっつぁんを亡くしているのかもしれない、と思ったら、急に胸が痛んだ。

「奈々は、三太の気持ちを少しもわかってあげられませんでした。あんなに小さな子に、おとっつぁんがいないのは寂しいですよね。奈々は三太と同じ齢の頃は、おとっつぁんとおっかさんに、二六時中存分に甘えることができていましたもの……」

奈々は俯いた。

岩助が足を止める。ひょいと奈々を抱き上げた。

「わっ！　おとっつぁん、いきなり何ですか！」

岩助に抱き上げられたのは久しぶりだ。

ただ抱かれているだけなのに、身体の均衡を取るのに必死で額に汗が滲む。思っていたよりもずっと己の身体は大きくなっていたのだと気付かされる。

畦道に伸びる影も、抱いた子が大きすぎてどこか不格好だ。

岩助ほどの力持ちでなければ、こんなに軽々と奈々を抱いて歩くことはできないに違いない。

「お奈々、お前は優しい子だな」

岩助の声が胸に響く。

「え？　そうですか？　己ではちっともわかりませんが」

奈々はとぼけた声を出す。

「おとっつぁんのほうが優しい人ですよ。だってあの握り飯、ほんとうは貰ったものなんかじゃなくて、おとっつぁんがわざわざ買い求めたものですよね？」

岩助がぷっと噴き出した。

「どうしてそう思った？」

「おとっつぁんが、懐から巾着袋を落としたときがあったでしょう？　あの巾着袋が釣銭でずいぶんと膨らんでいたので、気付きました。おとっつぁんは作事に出るときは、少しでも身軽に動けるようにと細かい銭は置いて行くはずです」

「お奈々には何でもお見通しだな。まったく、とんでもなく賢い子だ。いつかきっとその知恵が詰まった頭を、世のため人のために使うんだぞ」

岩助が感心した顔で奈々の頭を撫でた。

「ええ、もちろんです。奈々はこの才を、弱い者を救うために使ってみせます」

胸を張った。

「立派なことを言うもんだ。俺の子とは思えねえな」

岩助が目を丸くして驚いた顔をしてみせた。

「奈々の優しい心は、おとっつぁんが大事に可愛がってくださるおかげです」

急に照れくさくなって、三太みたいに岩助の首元に抱き着いてみた。

汗と埃と煙草の混じった匂い。おとっつぁんの匂いだ。

「……おとっつぁん、もしよろしければ」

「何だ？」

「また、ほんの少しでも土手に遊びに来ていただけませんか？　三太はおとっつぁんのことが好きでたまらないようなのです。立派な大人のおとっつぁんの姿に憧れることは、これから三太が育つ上で大きな学びになるでしょう」

岩助がふっと笑った。

「お奈々が言うなら、なるべくそうするさ」

「ありがとうございます。とても助かります」

奈々と岩助はそっくりな顔を見合わせて笑みを浮かべた。

5

「おとっつぁん、お奈々ねえさまのおっかさんって死んじまったってほんとうですか？」

土手の草の上に腰かけて、三太が握り飯を頬張りながら岩助に訊いた。

「三太、今の言葉はいただけません。まずはおとっつぁんと呼ぶのはいけません。〝お奈々ねえさまの〟おとっつぁんですよ。面倒でもそうお呼びなさい。それと、死んじまった、なんて言い草はいけません。〝亡くなった〟と言いなさいね」

奈々は慌てて割って入った。

「えっと、それじゃあ……」

三太が賢そうな目をくるくる回す。

「お奈々ねえさまのおとっつぁん、お奈々ねえさまのおっかさんって亡くなってしまったって、ほんとうでございますか？」

「よろしい、よろしい、五つでその喋り方ができるのは立派です」

奈々はぱちぱちと手を打ち鳴らした。

「ああ、そうだよ。お奈々のおっかさんは亡くなっちまったんだ。綺麗で優しくて強くて、この世でいちばんのおっかさんだったたんだけれどな」

岩助が眉を下げて言った。

「綺麗で優しくて強くてこの世でいちばんのおっかさんというなら、うちのおっかさんと同じですね」

三太が考え深そうな顔をする。

「そうか、おっかさんを大事にしろよ」

岩助が優しく頷いた。

「実は、おいらの家はおとっつぁんが死ん――亡くなってしまっているのです」

「やはりそうでしたか。悲しい思いをしましたね」

奈々は大きく頷いた。

「おいらが物心つく前の話だから、悲しいってわけじゃありません。寂しいだけです」

「三太、お前はたった五つで、悲しいと寂しいの違いがわかるのですね。おとっつぁん、聞きましたか？　まったくこの子はお利口ですね」

褒めちぎってやると、三太は嬉しそうにはにかんで奈々に身を寄せた。

「おいらのおっかさんは、とんでもねえ別嬪なんです」

褒められたのが照れくさいのか、急に見当違いなことを言い出すのも幼い子らしい。

「そうか、そりゃ良かったな。お前もきっと色男になるぜ」

岩助も三太のことが可愛くてたまらないという顔をする。

「おっかさんに、お奈々ねえさまのおとっつぁんのことを話しました。力持ちで格好よくて子供たちの人気者の、お奈々ねえさまのおとっつぁんのことです」

「子供のくせにお世辞を言うな」

岩助が苦笑いを浮かべた。

「少しもお世辞なんて言っていません」

三太がまっすぐな目をして首を横に振る。

「おいらのおっかさん、近いうちにお奈々ねえさまのおとっつぁんにお会いして、お礼をしたいと言っていました」

あれ？

奈々は急に胸に広がっていくもやもやとしたものに、眉を顰めた。

「おっかさん、料理がとても得意なんです。ぜひ一度、うちに夕飯を食べにいらしてください って言っています」

三太は強い目で岩助を見る。

「お気持ちだけいただいておくよ、って伝えてくんな。おっかさんに、よろしくな」

岩助が言った。

「そうですよ。三太のおっかさんとお奈々ねえさまのおとっつぁんが一緒に夕餉を囲むなんて、おかしいです。そんな奇妙な話、聞いたことがありません」

奈々は思わず鋭い声を上げた。

おっかさんがまだ生きていた頃の夕餉の光景が、胸に蘇る。

綺麗で優しくて強くて、この世でいちばんの大好きなおっかさん。

その姿が急にのっぺらぼうの誰かに変わってしまう気がして、そんなことがあっていいはずがないと身が強張った。

「三太、おっかさんには、お気持ちだけいただいておくよ、と、さっきお奈々ねえさまのおとっつぁんが言ったとおりにお伝えするのですよ。いいですね？」

奈々は上ずった声で、岩助の言葉を繰り返した。

6

お糸ちゃんと喧嘩をしてしまった。

奈々は泣き出しそうな心持ちで、口元を強く結んで町を歩く。

イネから、決して糸に熊蔵の話をしてはいけないと言い聞かされていた。

だが井戸端で糸の顔を見たそのときに、胸につかえていたものが溢れ出してしまったのだ。

己がいけないのはよくわかっていた。

今は糸の気配を近くに感じたくなかった。それに奈々と糸の話を聞いていたに違いない長屋の誰かに声を掛けられるのも、絶対に嫌だった。

「……お糸ちゃん、ほんとうにそれでいいんですか？　せっかくの幸せを、まだ幼いというだけの熊助にすべて渡してしまうなんて」

足元をじっと見て呟く。

糸は、熊蔵の子である熊助のために己の幸せを諦めて身を引くと言っていた。

確かに幼く小さな者は、この世の皆が心を込めて守るべきものだ。

まともな大人ならば、子供の泣き顔を前にすれば、己の幸せは二の次、三の次、と痩せ我慢をするのが当たり前だ。

そんな道理は奈々にだってわかる。

糸は「そんな見ず知らずの子なんてどうでもいいわ。私の幸せがいちばんよ」なんてことは決して言わない人だ。だからこそ奈々は糸に憧れて糸のことが大好きなのだ。

それなのに、胸がざわつく。

どうしてみんな、小さい子のことをこんなに甘やかすのだ。小さい子の心とは、そんなにまっすぐに澄んだものばかりではない。あの子たちは、己の泣き顔が大人にどう見えるかわかっていて、敢えての我儘を言っているのだ。

いつの間にか、ほんの刹那、目にしただけの熊助の顔が三太に重なってくる。

悔しくて悔しくて、涙が出そうになる。

「お奈々ねえさま!」

驚いて足を止めた。

通りの向こうから、満面の笑みで奈々に手を振る三太の姿があった。今にもこちらに走り寄ろうとしている。

「待ちなさい!」

奈々は弾《はじ》かれたように叫んだ。掌を大きく開いて押《お》し留《とど》める。

三太がびくりと身を震わせた。

と、二人の間を凄《すさ》まじい勢いで大八車が走り抜けた。

奈々は掌を見せたまま、怯えた顔の三太に大きく頷いて慎重に通りを渡った。

「三太、よいですか？　通りの向こうで誰かを見つけても、決してすぐに駆け寄ってはいけません。幼い子というのは嬉しくなると周りが見えなくなりますからね。とても危ないのですよ」

大八車の勢いが恐ろしかったのだろう。

三太が泣きべそをかきそうに口元をへの字に曲げて、こくりと頷いた。

「よしよし、怖かったですね。よい学びになりましたね」

奈々はにっこり笑って三太を抱き締めた。

少し離れたところで想う三太の姿は、いちいちどこか憎たらしい。なのにほかほか温かい身体をした小さな三太に触れると、たまらなく愛おしく思える。

「あれ？　それは何ですか？」

三太の手に縦に折った文が握られていると気付いた。

「おっかさんのお遣いですか？　偉いですね」

糸のところで書いている縁切り状を思わせるような、畏《かしこ》まった体裁の文だ。

こんな小さな子が持っているのはどこか妙だ。

「おいらのおっかさんからのお文だよ。お奈々ねえさまのおとっつぁんに、ってね」

三太が得意げに文を示した。

心ノ臓がぎゅっと縮んだ。

「へっ？　いったい何のご用でしょうねえ？」

わざととぼけてみせた。

「ちょっと見せてごらんなさい？」

「あっ」

三太から文を奪い取った。

「お奈々ねえさま、駄目だよ。それは大事なお文だから」

「ちょっとぐらいいいのですよ。三太はまだ小さいから知らないと思いますが、この世には、親に届いたお文は子供が読んで構わない、という決まりがあるのですよ」

「そんなあ……」

適当なことを言って三太をあしらいながら、文を開いて息を吞む。

紙一面に、緑と青の絵の具で花菖蒲が薄く描かれていた。まるで花魁が客に文を書くときに使うような、華やかで色っぽい紙だ。

白粉《おしろい》を思わせる強い香の匂いが立ち上る。

「わあ、きれいだね」

三太がうっとりしたような声を出す。

「綺麗には違いありませんね。ですが、はじめましてのご挨拶の文にこの紙を使うのは少々……」

品がないと言おうとして、さすがに口を噤《つぐ》む。

三太の大事なおっかさんのことをそんなふうには言えない。

「ええっと、なになに。〝岩助さまへ〟ですって？」

女文字の馴《な》れ馴れしい呼びかけに、うっと息が詰まる。

眉を顰めて一気に読み終えると、奈々が案じていたとおり三太のおっかさんは、どうにかして岩助との仲を深めたいと画策しているようだ。

普段、三太と遊んでもらっている礼もろくに言わずに、〝一度お目にかかりたく存じます〟やら〝艶やかにまいりましょう〟なんて明け透けな誘いの言葉まである。

こんな品のない手紙をおとっつぁんに渡そうとするなんて、とんでもないことだ。

鳥肌が立ちそうだ。

「……三太のおっかさんは、夜になるとお仕事が忙しいおっかさんなのですか？」

思わず、ひどく遠まわしに訊いてしまった。

「おいらのおっかさんは、綺麗で優しくて強くて、この世でいちばんのおっかさんだよ！」

三太は胸を張って、見当違いなことを言う。

いったいこの三太のおっかさんというのは何者なのだろう。

奈々は胸に広がる不安にさらに眉を顰めた。

三太は不思議そうな顔をしている。

親がどんな面倒な人物であったとしても、その子には何の罪もない。

だが、そう割り切ることができるのは、よほど己の暮らしが何者にも乱されないと信じることができる強い者だけだ。

三太のおっかさんとやらの色仕掛けのせいで、万が一にも奈々と岩助の幸せな暮らしに波風が立つかと思うと、三太のことだって厄介者に見えてくる。

大八車がまた地響きを立てて奈々と三太の横を通り過ぎた。

「わっ！」

「きゃっ！」

猛烈な砂埃が舞い上がる。目の前がすっかり埃で覆われる。

「あれ？　三太。先ほどのお文がありませんね」

砂埃がようやく静まったところで、奈々は両手を広げてみせた。

「えっ？」

三太は意味がわからないという顔で訊き返す。

「ごめんなさい。お文はなくなってしまいました。先ほどの大八車に煽《あお》られて、どこかに飛んで行ってしまったのでしょう」

　奈々は懐にねじ込んだ文を、さりげない仕草でもっと奥に押し込んだ。

「そ、そんな！　おっかさんの大事な文なのに……」

　三太がしくしく泣き出した。

「かわいそうに。一緒に探してあげましょう。ですが、きっと見つからないような気がしますよ。大八車の上に乗っかって、飛んで行ってしまったのが見えた気がしますからね」

「そんな、そんな、お奈々ねえさま、なんで、どうして……」

「人には誰でも間違いがありますからね。許してくださいね」

　無理矢理言いくるめながら、三太の泣き顔に少しも胸が痛まない己に驚いた。

「どうしよう、おっかさんのお文、大事なお文……」

　草むらや、木の影や、見つかるはずのないところを必死で探す三太の姿に、いい気味だ、なんて思ってしまう己に驚いた。

7

「お奈々、今朝はお糸さんに余計なことを言ったな。藤吉から聞いたぞ」

　日が暮れて作事から戻ってきた岩助が、開口一番厳しい顔をした。

藤吉さんのほうこそ何とも余計なことを……と、奈々は思わず顔を顰める。

「奈々は、子供の澄んだ心で、大人の込み入った事情がどう見えるかというのを、お伝えしたほうがいいかと思ったのです」

口元を尖らせた。

「おとっつぁんだって、おイネ婆さんだって、藤吉だって、この長屋の皆、言いたいことは腐るほどあるさ。でもお糸さんは今、大事なときなんだ。お糸さんのことを想うんなら、くれぐれもそっとしておいてやらなくちゃいけねえさ」

「おとっつぁんなら、今のお糸ちゃんに何と言いたいですか？」

声を潜めて訊く。

「残念だがこのご縁は終わりだ、やめておけ。そう言うさ」

奈々はしゅんと肩を落とした。

「では、お糸ちゃんは幸せにはなれないということですか？」

「熊蔵とは、な。たとえどんな理由があろうとも、弱い者を泣かせて結んだ縁は必ず災いを呼ぶ。万が一、お糸さんが熊助のことを知った上でまだ熊蔵と添い遂げる道を選ぶなら、きっとお糸さんは長生きはできねえさ」

岩助が寂しそうに頷いた。

ああ、また弱い者、の話か。

奈々はため息をついた。

「わかりました。ごめんなさい。もうお糸ちゃんに余計なことを言ったりしません」

早く話を切り上げたい心持ちで、奈々は素直に言った。

「なんだか今日は疲れました。奈々は先に休みます」

汚れた着物の帯を緩めた。

ぽとり、と音がして昼間の三太の母親の文が落ちた。

「何だ、こりゃ？」

岩助が不思議そうな顔で手に取る。

「あっ！　おとっつぁん、それは……」

「岩助さまへ、だって？　これはおとっつぁん宛てのお文じゃねえか。どうしてお奈々が懐に入れているんだ？」

岩助が、奈々がわざと乱暴に扱ったせいで紙についてしまった皺を伸ばす。

「いえいえ、それはただの落とし物です。岩助さまというのは、偶然、おとっつぁんと同じ名だっただけですよ。返してくださいな。明日、自身番のところに持って行かなくちゃいけないんです」

必死で文を引ったくろうとする奈々を、岩助は強い力で押し留めた。

「お奈々！」

岩助は奈々の顔をじっと睨む。

「どういうことだ?」

おとっつぁんにこんな顔をされてしまったら、もう誤魔化すことはできない。

「……三太が、これをおとっつぁんに渡すために来たんです」

蚊が鳴くような声で応えた。

「三太のおっかさんからのお文だって」

涙が後から後から流れ出す。

「でも、それはとても嫌なお文です。会ったこともないおとっつぁんに色目を使うような嫌な文です」

しゃくり上げながら言った。

「きっと三太のおっかさんは、おとっつぁんが腕の良い大工で、力持ちで優しくて、この世でいちばんのおとっつぁんと聞いて、そんな人とご縁を結ぶことができたらどれほど日々の暮らしが楽になるかと思って、おとっつぁんのことを狙っているのです」

「お奈々、口を閉じろ。俺がいいと言うまで一言も話すな」

岩助が冷たい声で言った。

文を開く。

奈々は、ああっ、と声を上げたくてたまらない。

おとっつぁん、こんなお文ってないですよね？　まるで花魁がお客に書くようなお文です。三太のおっかさんというのは、なんだか怪しい人ですよね。

言いたかった言葉が奈々の胸の内で渦巻く。

岩助は真剣な顔でゆっくりと文を最後まで読んだ。

「お奈々、よく黙っていられたな」

岩助は小さなため息をついた。目に何かを決めたような強い光が宿る。

「はいっ！　えっと、そのお文についてですが……」

「明日、三太を家に連れてこい」

岩助が奈々の言葉を遮った。

「ええっ！」

奈々は悲鳴を上げた。

おとっつぁんが、三太のおっかさんの艶めいた文に心を動かされてしまったというのか。

嘘だ、そんなはずはない。そんなの奈々のおとっつぁんではない。

「……おとっつぁん、冗談でしょう？」

「いいや、本気だ」

岩助がきっぱり言った。

「本気、ですって？　だって、三太のおっかさんにはまだ一度も会っていないのですよ？　いくら何でも、そんなのってありません」

「三太はおっかさんをどんな人だって言っていた？」

岩助が口元を結んだ。

「綺麗で優しくて強くて、この世でいちばんのおっかさん、というのが口癖です。ですがそんなのは、子供の思い込みに過ぎません。三太のおっかさんがどんな人かというのは、そのお文がすべてを表しているではないですか！」

奈々は岩助の手にある文を睨みつけた。

岩助も文に目を移す。

「……ああ、そうだな」

岩助はゆっくり頷いた。

「だったら、どうして、おとっつぁんともあろう人が……」

「お奈々、もう一度言うぞ。明日、三太を家に連れてこい。必ずだぞ」

岩助は有無を言わせぬ口調で言った。

8

その日、奈々が土手へ向かう足取りは、これまでにないほど重かった。

このままくるりと踵《きびす》を返してしまおうかと幾度も考えた。

帰ったらおとっつぁんに「今日は、三太はいませんでした。他の子たちに聞いたところによると、どうやら引っ越したようですよ」と言うのだ。

それきりもう奈々が土手に遊びに行くのをやめてしまえば、我儘坊主の三太とも、妙な色目を使う三太のおっかさんとも縁はすっぱり切れる。

そうだ、そうだ、そうしよう、なんて胸の内で己に言い聞かせる口調は、嫌らしい熱を帯びる。

もやもやした心持ちのまま、歩だけは進んで土手に辿り着いてしまった。

「おや？　三太はどこですか？」

子供たちの輪の中に三太の姿が見当たらなかった。

「知らないよ」

幼い子供たちは薄情なものだ。己の遊びに夢中になって、仲間のことなど気に掛けもしない。

「今日、三太の顔を見た者はいますか？」

奈々は低い声を出して、唇を引き締めた。

万が一にも川に落ちたりなんてしていては、たいへんなことになる。

「いないよ。三太は、今日は朝から来ていないよ」

少し大きな子が、奈々の険しい顔つきに驚いたように慌てて答えた。

「そうでしたか。ならば、ひとまずよかったです」

ほっとしたと同時に、胸の奥がちくりと痛む。

昨日、泣きべそを掻きながら必死で母親の文を探していた三太の姿が、脳裏に蘇った。

三太は賢い子だ。もしかして奈々の意地悪を見抜いていたのかもしれない。奈々に嫌われていると思った三太は、もうこの土手に来ることを止めたのかもしれない。

そう思い当たった途端、震え上がるような後悔と情けなさ、恥ずかしさを覚えた。

「死んじまったのかな？」

子供のひとりが悪戯っぽい声を上げた。

「そうだ、三太は死んじまったんだ！」

悪ふざけの声が楽し気に応じる。

「お前たち、なんて罰当たりなことを言うのですか！　そんな言葉、冗談でも口にしてはいけません！」

奈々は怖い顔で叱り飛ばした。

幼い頃から焼け野原やお救い所で人の生き死にを多く見ているこの子たちには、命の大切さがまだ少しもわかっていないのだ。

もう二度と三太に会えないかもしれないと思ったら、「死んじまった」なんて鋭い言葉に身を削られるような気がした。

　こんな重苦しい気持ちを抱えたまま三太にもう二度と会えなくなってしまうのならば、それは「死んじまっている」のと同じではないか。

「三太の家はどこですか？」

　奈々は子供たちに訊いた。

「あの橋の下だよ」

　子供たちが川の流れのずっと下流の、流れの淀《よど》んだあたりを指さした。

9

　橋の下には魑魅魍魎《ちみもうりよう》が蠢《うごめ》く。

　病人や家を失った人のことをそんなふうに言い表してはいけないとわかっていた。

　だが奈々にとっては、近づくことさえも恐ろしい場所だ。

　その一帯は特に暗い場所だった。誰も弔う者のいない野ざらしの死体から死臭が漂い、病人や酔っ払いの呻き声と野犬の吠《ほ》え声《ごえ》が響く。

「お嬢ちゃん、見ない顔だね。ここに何の用だい？」

　しわがれた声に顔を向けると、季節に合わない桜色の着物で着飾った年増《としま》の女が怪訝そうな顔をして近づいてきた。

女の着物は汚れていた。目には大きな目やにがくっついて、真っ赤な紅が唇から大きくはみ出している。

蕎麦《そば》一杯ほどの安値で己を売る、夜鷹《よたか》の女だ。

奈々は思わず数歩、後ずさった。

「迷い込んじまったのかい？　ここいらは女の子がひとりで歩くところじゃないよ。屑どもに悪さをされたらたいへんだ」

女は周囲を見回して、袖で奈々の姿を隠すようにした。長い間洗っていない着物の匂いがむっと漂う。

「さ、おかあちゃんが明るいところまで送ってやるから、あっちへ戻ろうね」

わざと奈々を赤ん坊のように扱って冗談めかすが、女が周囲に配る目は真剣だ。ほんとうに余所者《よそもの》には危ない場所なのだろう。

「ここに、三太という子がいると聞きました。ご存じありませんか？」

奈々は囁き声で尋ねた。

「三太だって？」

女の動きが止まった。

「あんた、もしかして〝お奈々ねえさま〟かい？」

女が奈々をまじまじと見つめた。

「どうして私の名を知っているのですか？」

「三太がさんざん教えてくれたよ。『お奈々ねえさまって、とってもとってもきれいでとっても優しいんだ』ってね。あの子は口を開けば、あんたのことばかりさ」

「そんなそんな、三太は相変わらず子供のくせにお世辞が上手いですねえ。……えっ？」

嬉しい言葉に思わず頭を掻いたその格好のまま、奈々は凍り付いた。

ということは、この女が三太のおっかさんなのか。

奈々は目の前の女をじっと見つめた。

汚く臭い着物に乱れた髪。おかしな化粧。客に殴られたのか、唇が腫れて切り傷ができていた。首のあたりから掻《か》き毟《むし》ったように赤く腫れた斑点がいくつも覗いていた。

こんな人、奈々のおっかさんとは似ても似つかない。奈々のおっかさんは、綺麗で優しくて強くて、この世でいちばんのおっかさんなのだ。

こんな人がおとっつぁんと夫婦になるなんて、奈々のおっかさんになるなんて、絶対に絶対に許せない。

おとっつぁんに近づかないでください、ときっぱり言わなくては。

あんな下品なお文を送るなんていったい何を考えているのですか、と文句を言わなくては。

奈々は大きく息を吸った。

胸がちくりと痛んだ。

「あなたが三太のおっかさんでしたか。おとっつぁん、お文をとても喜んでいました。ぜひ、うちに遊びにいらしてくださいな。三太とおっかさんが来てくださったら、私もとても嬉しいです」

胸の内とは逆の言葉が流れた。

そんなの嫌だ。涙が出そうだ。

なのに自ずとそう言っていた。

奈々の身を気遣ってくれた女の優しさが、わからないはずがなかった。

たとえ夜鷹に身を窶《やつ》していたとしても、この女は三太が言ったとおり綺麗で強くて優しい人だ。

女はきょとんとした顔をした。

「嫌だよ。こっちは忙しいんだ。子供の遊びにそこまでは付き合えないさ」

苦笑いで吐き捨てる。

「へっ？」

奈々はわけがわからない心持ちで訊き返した。

「あんた、あの子にすっかり騙されたね。ああ、面白い。三太ってのはまったく小賢《こざか》しい子だよ。ああいう子は、きっとしぶとく長く生きるよ」

女がくすくす笑った。

「三太が私を騙したとはどういうことですか？」

「三太に頼まれたのさ。おっかさんのふりをして艶っぽい手紙を書いてくれってね。お奈々ねえさまと、お奈々ねえさまのおとっつぁん、ああややこしい、をからかってやるんだ、ってね」

「いったいどうして、何のために、私たちをからかうなんてことを……」

奈々は呆然と呟いた。

「そんなことは私に聞かれたって知らないよ。あの子は、ごっこ遊びが何より好きだからね」

「ごっこ遊び……」

奈々とごっこ遊びをするときの、三太の鮮やかな作り話の数々が胸に蘇った。

遊びを始めた途端に、おっとり優しかったり、豪快に笑っていたり、ちょっととぼけていたり、いろんなおっかさんになってみせる三太。

三太の演じるおっかさんは、どのおっかさんも我が子を心から大事に思って心配していた。

奈々は、はっと顔を上げた。

「三太のおっかさんというのは、もしかして……」

「ああ、そうだよ。ちょうど一月前のことさ。だから私もあの子を放っておけなくてね」

女は気の毒そうに頷いた。

10

橋の下の暗がり。

三太は参り墓代わりに使っている丸っこい石に頬を押し当てて、淀んだ川の流れを見つめていた。

「ありがとうございます。すぐに戻りますのでほんの少しだけ……」

奈々が申し訳ない心持ちで言うと、女は、

「ああ、行っておいで。ここでちゃんと見張っていてやるよ」

と優しく頷いた。

三太に逃げられないように足音を忍ばせて近づいた。

手を伸ばせば抱き留められるくらい近くに来たところで、三太の小さな背が震えているとわかった。

しばらく迷ってから、奈々は、

「わっ！」

と大声で驚かせた。

三太が金切り声を上げて飛び退いた。その場で仔犬のように転がり回る。

「きゃあ！」

「ええっ！　お奈々ねえさま!?」

気付いた途端、涙で濡れた顔が笑みに変わった。

「三太がいつもの土手にいないので、お奈々ねえさまは寂しくてたまりません。迎えに来ましたよ」

「へえっ？　迎えに来てくれたの？　お奈々ねえさまがおいらを？」

三太は、今この場に奈々が現れたことだけが嬉しくてたまらない様子だ。

橋の下の貧しい暮らしを恥じることもなければ、母親が今も生きているふりをして作り話をしたことへの後ろめたさもない。

そんなどこまでも屈託ない笑顔に、奈々は小さく息を吐いた。

「お奈々ねえさまと一緒に行きましょう」

「あの土手だね。うん、もちろんさ！　お奈々ねえさまと遊んでもらえるの、楽しみだなあ。今日は、大丸と魚屋ごっこをしよう」

「いいえ、一緒に行くのはあの土手ではありません」

「へえっ？　じゃあ、どこだい？」

三太が素っ頓狂な声を上げた。

「お奈々ねえさまの家です」

奈々は三太の掌をしっかり握り締めた。

「三太、お前はこれからうちの子になるのですよ。お奈々ねえさまと、――おとっつぁんと一緒に暮らすのです」

三太は答えない。

ただ丸くて輝く目でじっと奈々を見つめる。

「三太はこれから、お奈々ねえさまの弟になるのです。おとっつぁんの子になります。それはお前が生きている限り一生変わりません。けれどひとつだけ約束をしてください」

「はい、何でしょう。何でも約束いたします」

三太が顔を伏せたまま、畏まって澄んだ声を出した。

「家族に嘘はいけません。うちの子になったら、そのままの三太でいなさい。立派でもなく、哀れでもなく、面白くもなく、華々しくもない、ただそのままの三太でいなさい」

「ただそのままのおいら……？」

「ええ、そうですよ。お奈々ねえさまも、おとっつぁんも、これからずっとそのままのお前のことが大好きです」

奈々は三太の手を握って、「さあ」と促した。

三太が顔を上げた。

「わかりました。お奈々ねえさま、これからどうぞよろしくお願い申し上げます！」

目に涙を溜《た》めて、よく通る声で言った。

二人が歩いてくる姿に、奈々のことを待ってくれていた女が大きく手を振った。

手拭いを目元に押し当てている。

「……三太、よかった、よかったよ。お奈々ねえさま、三太のことをよろしく頼むよ」

女が泣き笑いで言った。

三太に向かって幾度も頷く。

「お任せください。そして差し出がましいことでしたら恐縮ですが……」

「何だい？」

女が洟を啜りながら、不思議そうに訊き返した。

「そのお身体のできもの、とてもお辛そうですね。ぜひ小石川の銀太先生を訪ねてみてください」

奈々の言葉に、女が己の胸元に目を落とした。

あちこち赤く腫れて、襟の合わせ目のあたりには茶色く血が滲んでいる。

「医者にかかる銭なんてないよ」

女が首を横に振った。

「銀太先生でしたら、きっと必ずお力になってくださるはずです。養生所を訪ねる際には、必ず『お奈々の口添えで参りました』と言ってください。そうすれば奈々のご縁で、銀太先生はもっともっと良くしてくださいます」

奈々は得意げに胸を張った。

女はしばらくぽかんと口を開けてから、

「へえ、あんたが言うなら、そうなのかもしれないね」

と、歯の抜けた口元を見せて笑った。

「お奈々ねえさまって、格好いいのですね……」

三太がうっとりした顔で呟く。

「こらこら、三太、いつも言ってるでしょう、お世辞はいけませんよ。このくらいお奈々ねえさまには当たり前のことです。お奈々ねえさまの周りは、なぜだか立派な人ばかりが集まるというご縁があるのですよ」

「それは、お奈々ねえさまが立派な人だからですか?」

三太が真面目な顔で訊く。

「まあ、三太。お前は相変わらず鋭いことを言いますねえ。そんなこと考えたこともありませんでした。ですが、三太にそう言われると、そんな気もしてきましたねえ」

奈々は右手で三太の手をしっかり握り、左手で三太の頭を撫でながら、軽い足取りで家路へと向かった。

解説

吉田伸子

前巻『恋ごろも』のラストシーンに、えっ、そ、そんな……と心乱されたみなさま。お待たせしました、「お江戸縁切り帖」シリーズ第四作『母子草』です。

それにしても、あのラストは読者泣かせだった。解説で細谷正充氏が書いている「最後の最後で、とんでもない爆弾が破裂した。おおおおお、続きが気になってならないではないか！」は、『恋ごろも』を読み終えた全読者の気持ちを代弁していると思う。かくいう私もその一人。シリーズもののラストシーンとして、次巻につなぐという意味では、お見事！　としか言いようがないのだが、続きを待つ身としてはもう、焦《じ》れに焦れるものでもあったのだ。

さて、本書の内容に触れていく前に、本シリーズのおさらいをざっとしておこう。シリーズ第一作『雨あがり』は、明暦の大火から一年が経《た》った江戸を舞台にして始まる。主人公は十七歳の糸だ。大火の前までは、湯島にある霊山寺で下働きをしていたのだが、大きな被害を受け浅草へと移った寺にはついて行かず、湯島に残って暮らしている。

幼い頃から字が綺麗《きれい》だった糸は、書写が大の得意だったこともあり、住職のすすめで始めた写本を生業《なりわい》にしている。火事の後でもあり、仕事は「面白いほど注文が次々と舞い込んだ」し、糸の評判を聞きつけ、「家系図や家訓など、当人にとっては宝物のように大事な本を持ち込む客もいる」。女一人、自分の腕で自分の口を養っている。それが糸だ。

ある日、ひょんなことから縁切りの文の代書を引き受けてしまったことで、「縁切り屋」としての糸の日々が始まる。その営みを通して、人と人とのさまざまな〝縁〟に触れながら成長していく糸の姿を描いたのが、本シリーズである。

脇を固めるのは、糸と同じ長屋に住むイネと奈々。イネは三匹の猫とともに暮らす、ちょっと訳ありの婆《ばあ》さまで、奈々は大火で母親を失い、大工職人の父親と二人で暮らす九歳の少女だ。このイネと奈々が糸の両隣の住人で、安普請の長屋ゆえ、糸のもとに「縁切り状」を頼みにくる客の事情は、二人には筒抜けだ。この老婆と少女がね、実にいいんですよ。

とりわけ『雨あがり』でイネが言う「人の縁ってのは、最後は必ず生き別れか死に別れのどちらか、って決まりだろう?」というセリフは、本シリーズの通底音にもなっている。加えて、長屋に来るまでは寺にいたせいもあって、世知に疎いところのある糸にイネが語る人生訓のような言葉が、またいいのだ。

「寂しいときに結ぶ縁ってのは、必ずろくなものにならないって決まりさ」「お互いをうまく先へ運ぶ縁ってのは、日々の暮らしに満ち足りているときに現れるもんだよ。生きるってのは苦労は多いけれどなかなか悪くないもんだね、ってまっすぐに思っている奴《やつ》のところにしか、良い縁なんて寄ってくるはずがないさ」

おイネ婆さん、深い！　まぁ、それもそのはず、イネはたった一人生き残った実の息子から「縁切り状」を渡されているのだ（詳しい事情は『雨あがり』をお読みくださ い）。

イネだけではない。奈々もまた糸の「縁切り屋」には欠かせない存在だ。まるで武家の子どものような言葉遣いをするしっかりもの。「縁切り屋」を宣伝する「引き札」を作り、町中に配ることで、糸の仕事を応援している、という設定だ。しかし、しっかりものとはいえ、まだ九歳の子どもですからね。幼いがゆえの正義感や道徳感で、暴走しかけたりもする。

要するに、糸の左右には、糸よりもずっと人間的に練れたイネと、糸よりもさらに青くて真っ直《ます》ぐな奈々、という対照的な二人が配されているのだ。この辺りの作者の塩梅《あんばい》は絶妙だ。

この二人に加え、イネの息子で小石川で医者をしている銀太、奈々の父親・岩助と岩助の弟子である熊蔵、シリーズ二作目の『幼なじみ』から登場し、縁あって糸と同じ長屋に暮らすようになる、糸と同じく霊山寺育ちで兄のような存在の藤吉がシリーズのレギュラー陣だ。

というわけで、ここから本書の内容に触れていく。ただし、肝心の前巻からの展開の行方、は実際に本書を読んでもらいたいので、書かずにおく。ただ、また、一段落したあとで糸に向けられたイネの言葉が、糸の胸を深く突き刺す、とだけ。

本シリーズで「縁切り」に絡めて取り上げられる人と人の縁が、実はきわめて現代的な問題でもあることは、前述の細谷氏も指摘していることだが、本書では、とりわけ第二章「桜の脇差」が顕著で、描かれているのは、女どうしの愛だ。

糸のもとにやって来た蔦という女が頼んだ「縁切り状」の文面には、縁切り相手に対する想《おも》いと、どうしても子どもを産むことを諦められない気持ちが綴《つづ》られる。相手の市駒は江戸で一番の三味線の名手である有名な芸妓《げいぎ》だ。そんな市駒と女どうしで添い遂げようと誓ったものの、ある男と出会った事で、女の幸せは、男を好きになって、子を持つことだ、と目が覚めたのだ、と蔦は言う。蔦の言い分は筋は通っていると思いつつも、どこか釈然としない糸。

翌朝、銀太から市駒が文を受け取ったあとに倒れ、あっという間に虫の息となった、と知らされた糸は、銀太とともに市駒のもとに向かう。そこで糸が目にしたのは、憔《しょう》悴《すい》しつつも、冷静に物事を見極めている市駒の姿だった。蔦との関係は、自分にも非があったこと、一旦心変わりした相手の心が戻ることはない、とわかっていること。それでも、蔦を忘れられないこと。「惚《ほ》れた腫れたなんて笑っちまうくらいつまんないことだって、心の底からわかっているのにさ」

市駒が、蔦とよりを戻したいのではなく、蔦を忘れて先に進みたいのだ、と知った糸は「どうしたらお蔦さんのことを忘れられると思いますか?」と問う。市駒の答えは「お蔦の真心が知りたい」だった。

その夜、糸は身に備わったある能力を使う。糸には、「縁切り状を書いた、そして縁切り状を突き付けられた相手の心に残ったものが見える」のだ。そこで糸が見たものは、蔦と市駒の心に残ったものは何だったのか。

ここから先は実際に本書を読んでください。蔦と市駒、女どうしの愛の終わりを、子どもを持てるかどうかに落とし込まなかったところに、作者のすっと伸びた背筋が見える。そこがいい。その背筋があるからこそ、本シリーズで描かれている、現代にも通じる問題とその対処の仕方が、読者の胸の深いところに届くのだ。

この第二章、実は読みどころは蔦と市駒のくだりだけではない。章の終わりに、銀太が放つ言葉、これがまたぐさりと糸を刺すのだが、本シリーズの読者なら、銀太先生、よくぞ！　と膝を打つものでもあるのだ。

「お糸さん、あなたは皆に嫌われたくないだけです」「己が嫌われたくない、悪者にはなりたくない、というあなたの弱さが、どれだけ周りを傷つけて惑わせているかわかりますか?」「あなたはもっと真剣に人と向き合うべきです。人に嫌われることを恐れずに、己の胸の内と向き合うべきです」

糸はこれまでの人生で、二度捨てられている。一度めは赤子の時に産みの親から、二度めは七歳の時に養い親から。このことは糸の心に深い傷を残している。人に嫌われたくない、悪者になりたくない、という思いは誰にでもあるが、傷を抱えている糸は、余計にその思いが強いのだ。そのことは、既刊シリーズを読んでいて、焦れったく感じられるところでもあった。とはいえ、銀太のこの言葉、糸のみならず、読み手の胸にもずしり、とくる。

本シリーズには、既刊三巻同様に、書き留めておきたくなるような言葉がちりばめられている。

「己を幸せにしてくれる人なんてどこにもいないわ。女は己の手でしっかり幸せを摑《つか》まなくちゃいけません」

「己のことを塵《ごみ》のように扱う者に、幸せなぞやってくるはずがないのだ」

どちらも沁《し》みる、沁みる!

既刊巻は五章から構成されているのだが、本書は四章プラス番外編、となっていて、この番外編がまたあとを引く。こちらも詳しくは書かないが、奈々の暮らしに変化の兆しが、とだけ。

　時代小説には、本書のような市井に生きる人々を描いたものと、武家社会に生きる人々を描いたものがあるのだが、前者にとって重要なのは人情であり、後者にとっては清潔感だ、と私は思っている。本書はその人情に加え、縁切り屋という特殊なお仕事小説の側面、糸の成長小説という側面も加わり、読みどころたっぷり。

　人と人との縁、という汲《く》めども尽きぬ泉に差し入れられた作者の手が、なにをどんなふうに掬《すく》い上げていくのか。今後の展開から目が離せない。読み終わった瞬間から、次巻が待ち遠しくなること、受け合いです！


（よしだ・のぶこ　書評家）

本書は、集英社文庫のために書き下ろされた作品です。

泉ゆたかの本

雨あがり　お江戸縁切り帖

手紙を代書する縁切り屋を営むことになった糸。思いに反し温かな別れの数々に直面して……。必ず別れるからこそ、大切にしなきゃいけない縁がある。青春時代小説、新シリーズ開幕。

泉ゆたかの本

幼なじみ　お江戸縁切り帖

別れがもたらすのは、悲しみだけではないと少しずつわかり始めた糸だが、縁切り屋稼業への違和感は消えずにいた。様々な人々の別離に心は乱れて……。青春時代小説、第二弾。

集英社文庫

泉ゆたかの本

恋ごろも　お江戸縁切り帖

江戸で未知の病が流行。縁切り屋を営む糸は稼業の傍ら、お救い所を手伝うことに。だが、それは隣人のイネが捨てた息子で医師の銀太と顔を合わせることを意味していて……。

集英社文庫

集英社文庫　目録（日本文学）

石田衣良　逝《せい》年《ねん》
石田衣良　傷つきやすくなった世界で
石田衣良　REVERSEリバース
石田衣良　坂の下の湖
石田衣良　北斗　ある殺人者の回心
石田衣良　オネスティ
石田衣良　爽《そう》年《ねん》
石田雄太　桑田真澄 ピッチャーズ バイブル
石田雄太　イチローイズム
伊集院静　むかい風
伊集院静　機関車先生
伊集院静　宙ぶらん
伊集院静　いねむり先生
伊集院静　愚者よ、お前がいなくなって 淋しくてたまらない
伊集院静　琥珀の夢　小説 鳥井信治郎（上）（下）
泉鏡花　高《こう》野《や》聖《ひじり》

泉ゆたか　雨あがり　お江戸縁切り帖
泉ゆたか　幼なじみ　お江戸縁切り帖
泉ゆたか　恋ごろも　お江戸縁切り帖
泉ゆたか　母子草　お江戸縁切り帖
伊勢﨑賢治 布施祐仁　文庫増補版 主権なき平和国家 地位協定の国際比較からみる日本の姿
一条ゆかり　実戦！恋愛倶楽部
一条ゆかり　正しい欲望のススメ
一田和樹　天才ハッカー安部響子と 五分間の相棒
一田和樹　女子高生ハッカー鈴木沙穂梨と 0.02ミリの冒険
一田和樹　内通と破滅と僕の恋人 珈琲店ブラックスノウのサイバー事件簿
一田和樹　原発サイバートラップ
一田和樹　天才ハッカー安部響子と 2,048人の犯罪者たち
一田和樹　最新！　世界の常識検定
五木寛之　こころ・と・からだ
五木寛之　雨の日には車をみがいて
五木寛之　不安の力

五木寛之　新版 生きるヒント1 自分を発見するための12のレッスン
五木寛之　新版 生きるヒント2 今日を生きるための12のレッスン
五木寛之　新版 生きるヒント3 癒しの力を得るための12のレッスン
五木寛之　新版 生きるヒント4 ほんとうの自分を探すための12のレッスン
五木寛之　新版 生きるヒント5 人生にときめくための12のレッスン
五木寛之　歌の旅びと　ぶらり歌旅、お国旅 東日本・北陸編
五木寛之　歌の旅びと　ぶらり歌旅、お国旅 西日本・沖縄編
伊東乾　さよなら、サイレント・ネイビー 地下鉄に乗った同級生
伊藤左千夫　野菊の墓
伊東潤　真実の航跡
いとうせいこう　鼻に挟み撃ち
いとうせいこう　小説禁止令に賛同する
絲山秋子　ダーティ・ワーク
井戸まさえ　無戸籍の日本人
稲葉稔　国盗り合戦〈一〉〈二〉
乾ルカ　六月の輝き

集英社文庫　目録（日本文学）

乾　緑郎　思い出は満たされないまま
犬飼六岐　青藍の峠　幕末疾走録
犬飼六岐　ソロバン・キッド
井上荒野　森のなかのママ
井上荒野　ベーコン
井上荒野　そこへ行くな
井上荒野　夢のなかの魚屋の地図
井上荒野　綴られる愛人
いのうえさきこ　圧縮《ぎゅぎゅっと》！　西郷どん
井上ひさし　ある八重子物語
井上ひさし　不忠臣蔵
井上真偽　ベーシックインカムの祈り
井上麻矢　夜中の電話　父・井上ひさし最後の言葉
井上光晴　明日　一九四五年八月八日・長崎
井上夢人　あくむ
井上夢人　パワー・オフ

井上夢人　風が吹いたら桶屋がもうかる
井上夢人　the TEAM　ザ・チーム
井上夢人　the SIX　ザ・シックス
井上理津子　親を送る　その日は必ずやってくる
今邑　彩　よもつひらさか
今邑　彩　いつもの朝に(上)(下)
今邑　彩　鬼
伊与原新　博物館のファントム　箕作博士の事件簿
岩井志麻子　邪悪な花鳥風月
岩井志麻子　瞽女《ごぜ》の啼く家
岩井三四二　清佑《せいゆう》、ただいま在庄《ざいしょう》
岩井三四二　むつかしきこと承り候　公事指南控帳
岩井三四二　室町もののけ草紙
岩井三四二　「タ」は夜明けの空を飛んだ
岩城けい　Masato
宇江佐真理　深川恋物語

宇江佐真理　斬られ権佐
宇江佐真理　聞き屋与平　江戸夜咄草
宇江佐真理　なでしこ御用帖
宇江佐真理　糸車
植田いつ子　布・ひと・出逢い　美智子皇后のデザイナー 植田いつ子
上田秀人　辻番奮闘記　危急
上田秀人　辻番奮闘記 二　御成
上田秀人　辻番奮闘記 三　鎖国
上田秀人　辻番奮闘記 四　渦中
上田秀人　辻番奮闘記 五　絡糸
植西　聰　人に好かれる100の方法
植西　聰　自信が持てない自分を変える本
植西　聰　運がよくなる100の法則
上野千鶴子　〈おんな〉の思想　私たちは、あなたを忘れない
上畠菜緒　しゃもぬまの島
植松三十里　お江《ごう》流浪の姫

集英社文庫　目録（日本文学）

植松三十里　大奥延命院醜聞　美僧の寺
植松三十里　大奥秘聞　綱吉おとし胤《だね》
植松三十里　リタとマッサン
植松三十里　家康の母お大
植松三十里　ひとり白虎　会津から長州へ
植松三十里　会津の義　幕末の藩主松平容保
植松三十里　レイモンさん　函館ソーセージマイスター
植松三十里　慶喜の本心　徳川最後の将軍
植松三十里　家康を愛した女たち
内田康夫　浅見光彦豪華客船「飛鳥」の名推理
内田康夫　軽井沢殺人事件
内田康夫　北国《ほっこく》街道殺人事件
内田康夫　浅見光彦　四つの事件　名探偵と巡る旅
内田康夫　名探偵浅見光彦の　ニッポン不思議《ミステリアス》紀行
内田洋子　カテリーナの旅支度　イタリア　二十の追想
内田洋子　どうしようもないのに、好き　イタリア15の恋愛物語

内田洋子　イタリアのしっぽ
内田洋子　対岸のヴェネツィア
内山　純　みちびきの変奏曲
宇野千代　生きていく願望
宇野千代　普段着の生きて行く私
宇野千代　行動することが生きることである
宇野千代　恋愛作法
宇野千代　私の作ったお惣菜
宇野千代　私の幸福論
宇野千代　幸福は幸福を呼ぶ
宇野千代　私の長生き料理
宇野千代　私何だか死なないような気がするんですよ
宇野千代　薄墨の桜
冲方　丁　もらい泣き
海猫沢めろん　ニコニコ時給800円
梅原　猛　神々の流《る》竄《ざん》

梅原　猛　飛鳥とは何か
梅原　猛　日常の思想
梅原　猛　聖徳太子1・2・3・4
梅原　猛　日本の深層　縄文・蝦夷文化を探る
宇山佳佑　ガールズ・ステップ
宇山佳佑　桜のような僕の恋人
宇山佳佑　今夜、ロマンス劇場で
宇山佳佑　この恋は世界でいちばん美しい雨
宇山佳佑　恋に焦がれたブルー
江川　晴　企業病棟
江國香織　都の子
江國香織　なつのひかり
江國香織　いくつもの週末
江國香織　薔薇《ばら》の木　枇杷《びわ》の木　檸檬《れもん》の木
江國香織　ホテル　カクタス
江國香織　モンテロッソのピンクの壁

集英社文庫　目録（日本文学）

集英社文庫　目録（日本文学）

大久保淳一　いのちのスタートライン
大沢在昌　悪人海岸探偵局
大沢在昌　無病息災エージェント
大沢在昌　ダブル・トラップ
大沢在昌　死角形の遺産
大沢在昌　絶対安全エージェント
大沢在昌　陽のあたるオヤジ
大沢在昌　野獣駆けろ
大沢在昌　影絵の騎士
大沢在昌　パンドラ・アイランド(上)(下)
大沢在昌　欧亜純白ユーラシアホワイト(上)(下)
大沢在昌　烙印の森
大沢在昌　漂砂の塔(上)(下)
大沢在昌　夢の島
大沢在昌　黄龍の耳
大沢在昌　罪深き海辺(上)(下)

大島里美　君と1回目の恋
大島里美　サヨナラまでの30分 side：ECHOLL
大城立裕　焼け跡の高校教師
大城立裕　レールの向こう
太田和彦　ニッポンぶらり旅 宇和島の鯛めしは生卵入りだった
太田和彦　ニッポンぶらり旅 アゴの竹輪とドイツビール
太田和彦　ニッポンぶらり旅 熊本の桜納豆は下品でうまい
太田和彦　ニッポンぶらり旅 北の居酒屋の美人ママ
太田和彦　ニッポンぶらり旅 可愛いあの娘《こ》は島育ち
太田和彦　ニッポンぶらり旅 山の宿のひとり酒
太田和彦　おいしい旅 錦市場の木の葉丼とは何か
太田和彦　おいしい旅 夏の終わりの佐渡の居酒屋
太田和彦　おいしい旅 昼の牡蠣そば、夜の渡り蟹
太田和彦　東京居酒屋十二景
太田和彦　町を歩いて、縄のれん
太田和彦　風に吹かれて、旅の酒

おおたとしまさ　人生で大切なことは、ほぼほぼ子どもが教えてくれた。
太田光　パラレルな世紀への跳躍
大竹伸朗　カスバの男 モロッコ旅日記
大谷映芳　森とほほ笑みの国 ブータン
大槻ケンヂ　わたくしだから改
大橋歩　くらしのきもち
大橋歩　おいしいおいしい
大橋歩　テーブルの上のしあわせ
大橋歩　日々が大切
大前研一　50代からの選択 ビジネスマンは人生の後半にどう備えるべきか
大森寿美男／重松清・原作　アゲイン 28年目の甲子園
岡崎弘明　学校の怪談
岡篠名桜　浪花ふらふら謎草紙
岡篠名桜　見ざるの天神さん 浪花ふらふら謎草紙
岡篠名桜　雪の夜明け 浪花ふらふら謎草紙
岡篠名桜　芝居巡り 浪花ふらふら謎草紙

集英社文庫

母子草《ははこぐさ》　お江戸《えど》縁切《えんき》り帖《ちょう》

2023年 9 月25日　第 1 刷　　定価はカバーに表示してあります。

著　者　泉《いずみ》　ゆたか
発行者　樋口尚也
発行所　株式会社 集英社
東京都千代田区一ツ橋2-5-10　〒101-8050
電話　【編集部】03-3230-6095
【読者係】03-3230-6080
【販売部】03-3230-6393（書店専用）
印　刷　凸版印刷株式会社
製　本　加藤製本株式会社

フォーマットデザイン　アリヤマデザインストア　　マークデザイン　居山浩二

ISBN978-4-08-744573-2 C0193